Sipko Melissen

Oud-Loosdrecht

Uitgeverij Van Oorschot
Amsterdam

One does not write for any reader except one.

Wallace Stevens

Voor Reyer G.K. Kraan (1926-2014), mentor en makker

Deel een

Aan het water

I

Op een zaterdagmiddag, eind januari, nadat ik een lezing had bijgewoond over de stoïcijn Seneca, moest ik de impuls onderdrukken om een steen door een van de ruiten van kunstenaarssociëteit *Arti et Amicitiae* te smijten.

Nog geen kwartier daarvoor, terwijl ik stond te wachten op de tram naar Amsterdam-Oost en keek naar het verkeer dat zich traag een weg baande langs alle opbrekingen op het Rokin, was er onverwacht een gevoel van vrede over mij gekomen.

Vrede met alles.

De tweede lezing in de reeks van vier over de Stoa was prikkelend en naar het eind toe zelfs provocerend geweest. Het was of alle toehoorders op het puntje van hun stoel zaten en hun adem inhielden om maar niets te hoeven missen van het spectaculaire verhaal. Het ging over een moeder die haar beide kinderen voor het oog van de vader ombracht en vervolgens vluchtte op een door slangen getrokken wagen. Om ons iets voor te stellen bij dat ontaarde ouderpaar kon het helpen, zei de spreker, te denken aan Liz Taylor in de rol van Medea en Richard Burton in die van Jason.

Ook ik was in de ban van de man achter de katheder maar ik onderscheidde mij van alle aanwezigen doordat ik de enige was die met professor doctor Abe Stam vanaf de middelbare school bevriend was geweest – en dat, met een dramatisch lange onderbreking, was gebleven. Aan zo'n zaterdagmiddag in de aula van de universiteit gaf ik mij over alsof ik weer de student was van meer dan veertig jaar geleden, toen ik in ditzelfde kerkgebouw aan het Spui colleges had gevolgd. En nu zat ik er weer, met een blocnote, alsof ik in al die jaren niets was opgeschoten. In zekere zin was ik dat ook niet. Als een pantomimespeler had ik loopbewegingen gemaakt zonder een stap vooruit te komen. Een collegebank was de ideale plaats voor mij.

Het was een echte zaterdagmiddag, ook al zou ik niet hebben kunnen zeggen waarin dat 'echte' zat. Wel wist ik dat de zaterdagmiddag zich voor mij altijd al had onderscheiden van alle andere middagen van de week. Het ritme was anders. Het werk lag stil maar het leven ging door, dit in tegenstelling tot de klassieke zondagen uit mijn jeugd waarop de wereld in coma lag.

De tram liet op zich wachten, maar dat hinderde niet. De onverwachte uitnodiging voor een *spaghettata di mezzanotte* bij Abe thuis had ik onmiddellijk aangenomen. Zo'n vooruitzicht kleurde de rest van de dag. Eerst naar huis, een paar uur rustig werken aan de roman waarmee ik mijn nieuwe redacteur hoopte te zullen verrassen en tegen middernacht op de fiets naar de Bickersgracht.

De lucht was grijs, een egaal diep grijs alsof het onzichtbaar regende, en de schemering zette door. Ook de voorspelling dat het later op de avond zou gaan sneeuwen droeg bij aan het gevoel van vrede. Misschien kwam het door het traag voortkruipende verkeer of doordat het zo goed als windstil was, maar alle geluiden leken gedempt te worden. Ik zou zo een tijd kunnen blijven staan om het geluksgevoel dat mij sinds de uitnodiging voor de *spaghettata* had overvallen zo lang mogelijk vast te houden. Ik moest denken aan het mooie verhaal over Abe's oma. Tijdens een van onze wandelingen, begin oktober, spraken Abe en ik over de hoop die als laatste sterft. Toen zijn oma van de vrijzinnige dominee te horen kreeg dat de hemel helemaal niet bestond had zij daar niets van willen weten en gezegd er meteen een eind aan te zullen maken als zij dat vooruitzicht niet meer had.

Net als de eerste keer hadden zich ook na afloop van deze lezing enkele dames rond de professor verzameld, die al in mijn richting had gekeken. Ik stond iets terzijde van het spreekgestoelte terwijl de overvolle kerk langzaam leegstroomde, en wachtte met de geruststellende zekerheid van iemand die zich bewust is van zijn plaats in de rangorde. Het was heel begrijpelijk dat dames van middelbare leeftijd vielen voor deze lange, slanke man. Het was mij opgevallen dat hij ook dit keer met zorg zijn kleding had gekozen. Onder het bruine ribfluwelen jasje droeg hij een zwarte coltrui, waardoor het leek of zijn kin op een sokkel rustte. Het kale hoofd en de scherpe trekken in het magere gezicht gaven hem het uiterlijk van een geleerde asceet. Hij was het type man dat pas op rijpere leeftijd de volle aandacht van vrouwen krijgt, ook van knappe en zelfs jonge vrouwen. Zijn tweede vrouw was een twintig jaar jongere Italiaanse schoonheid die hij op een tentoonstelling in Boston had leren kennen.

In onze door de bossen van het Gooi en de Loosdrechtse Plassen gevormde jeugd had hij gehunkerd naar meisjes. Allemaal gaven ze de voorkeur aan snelle jongens die uitblonken in tennis en hockey. Ze hadden geen aandacht besteed aan de wereldvreemde gymnasiast in zijn te krappe jasjes en te hoog opgetrokken broeken, die meer van Bach wist dan van Beat. Toen de laatste vraag beantwoord was stapte Abe resoluut op mij af en vroeg of ik deze keer getroost de kerk verliet. We keken elkaar aan, net iets te lang, en zonder iets te zeggen. Vroeger, toen we nog fulltime ironisch waren, zouden we in de lach zijn geschoten. Filosofie was voor hem als wiskunde. Je moest er je hoofd over breken, niet door getroost worden. Had niet volgens de legende boven de ingang van de Akademie van Plato de tekst gestaan: laat alleen wiskundigen hier binnentreden? Nu had hij mij zelf aangeraden de reeks over de Stoa te volgen omdat ik er in mijn huidige toestand, zei hij er met nadruk bij, beslist mijn voordeel mee kon doen. Aha, had ik gereageerd, ik zal dus onder jouw gehoor zitten, niet als student, maar als patiënt!

Een van de grote voordelen van het elkaar heel lang kennen is dat je alle nuanceringen van iemands gelaatsuitdrukking kunt proeven en waarderen, zoals iemand die muziek heeft gestudeerd meer uit een strijkkwartet van Beethoven haalt dan een willekeurige luisteraar.

Dat was helemaal niet zo gek gezien, zei Abe, en hij had mij net zo strak aangekeken als ik hem, de kin iets vooruit gestoken, waardoor hij nog meer op zijn vader leek wanneer deze een van zijn door ons gevreesde wijsheden ging debiteren. Er was geen filosofische school die de overeenkomst tussen filosofie en de medische wetenschap zo benadrukte als die van de stoïcijnen. Het lichaam had in geval van ziekte een dokter nodig maar de ziel eveneens en volgens de stoïcijnen was de ziel van de meeste mensen zwaar ziek. Ik moest wel goed beseffen dat niet hij, Abe, de heelmeester was, maar Epicurus, Chrysippos, of Seneca.

Of ik van zijn lezing over Seneca en diens toneelstuk *Medea* iets had opgestoken? Ik wachtte even en zei: 'De liefde, die weet wat.' We lachten al lang niet meer om de vele uit de brievenboeken van Reve overgehouden formuleringen, die spontaan bij ons opkwamen. 'Knap, dat jij bij dit beschaafde publiek begrip weet te kweken voor een vrouw die haar beide kinderen ombrengt.'

'Liefde maakt de moordenaar in ons wakker, dat moet jij weten, Winnie. Ik voel sympathie voor Medea maar begrijp Jason. *Zwei Seelen wohnen, ach! in meiner Brust.*'

Het trof me dat hij mij, ook na twintig jaar in Amerika te hebben gewoond, nog steeds Winnie noemde. Voor iedereen was ik Wijnand.

Ik had mij tijdens de lezing niet aan de indruk kunnen onttrekken dat hij zijn verhaal over Medea en Jason voornamelijk voor mij afstak. Maar misschien dacht iedereen in de aula dat het verhaal van de professor voornamelijk op hem of haar betrekking had. En dat was natuurlijk ook zo. We waren in de ogen van Seneca immers allemaal patiënten, verblind door alles wat de wereld als waardevol aanprees, speelbal van het lot dat ons iets kon toewerpen of afnemen, meegesleurd door emoties waarvan wij ons moesten bevrijden.

In vier zaterdagmiddagen zou ook ik stoïcijn worden.

Na de eerste lezing had ik met Abe bij een glas wijn in café Luxembourg nog wat zitten napraten over de filosoof Epicurus, die zich met gelijkgestemden in een tuin in Athene had teruggetrokken. Was het niet verleidelijk om je helemaal van de wereld af te sluiten en met gelijkgestemden te filosoferen over de vraag wat het hoogste goed is? Die tuin sprak Abe wel aan, maar die gelijkgestemden minder. Filosofisch gezien was Abe eerder een platonist dan een stoïcijn, maar wat levenshouding betrof was zijn grote voorbeeld de cynicus Diogenes die in een ton geleefd zou hebben en alle conventies, wetten en gewoonten aan zijn laars lapte. Ik kende de pakkende voorbeelden waarmee Abe vroeger op feestjes keurige Gooise meisjes of hun ouders probeerde te choqueren. Dat lukte hem altijd met verhalen over Diogenes, die op het marktplein van Athene ongegeneerd masturbeerde.

Haarscherp stond mij nog het feestje voor de geest in een van die grote, goed onderhouden tuinen van een villa in de Mozartlaan. Een warme, windstille zaterdagmiddag in juli, een volmaakte dag voor een volmaakt Goois feestje. Abe en ik hebben net ons eerste jaar in Amsterdam achter de rug. We voelen ons vrij. Luchtig geklede gasten hebben zich verspreid over de tuin, drinken champagne op het gemillimeterde gazon, zitten in een van de witte houten fauteuils, bewonderen de rozen in het rosarium of staan bij de bierpomp op het achterterras. Abe en ik staan in een kring in de schaduw van de pergola. De felle zon inspireert Abe tot het vertellen van de bekende anekdote over Alexander de Grote die wel eens kennis wil maken met Diogenes over wiens levensstijl hij de wonderlijkste verhalen heeft gehoord. Als Alexander Diogenes op het marktplein van Athene treft, zoals gewoonlijk in zijn ton, vraagt de vorst of hij een wens van hem in vervulling kan laten gaan. Ja, dat kunt u, zegt Diogenes, door een stap opzij te zetten, want u staat precies in mijn zon. Er wordt welwillend gelachen; de meesten kennen het verhaal. Nu Abe het woord heeft genomen, verwacht men dat hij nog wel even door zal gaan. Een paar mensen hebben zich bij de kring aangesloten. Men wacht. En dan vertelt Abe aan een zich steeds ongemakkelijker voelend publiek nog maar eens over de onanerende Diogenes. Sommigen lachen beleefd, anderen verstijven maar kunnen ook niet meer onopvallend wegsluipen. Abe gaat unverfroren verder en wekt niet de indruk het ongemak rondom hem op te merken. Hij wil de gasten een aardig gedachte-experiment voorleggen. Hij kijkt de kring rond als een leraar wiskunde die de klas warm maakt voor een moeilijke opgave. Aan zijn blik zie ik dat hij dit overbeschaafde publiek wil verrassen en ik doe een stap achteruit zodat ik net iets buiten de kring kom te staan. Er hebben zich nog twee moeders met ieder een zoon van ongeveer dertien bij de kring gevoegd. De beide knapen hebben de armen om elkaar heen geslagen.

Ik bewonder hem om zijn onaangepaste gedrag waartoe mij de moed zou ontbreken. Er is waarschijnlijk niet eens moed voor nodig, hij is van nature onaangepast en ook dat bewonder ik. Hij is de meest autarkische jongen die ik ken. Ik heb hem weten over te halen om mee te gaan naar het feestje van een meisje dat ik tijdens een voordrachtwedstrijd in het stadhuis van Naarden had leren kennen. Ze is geslaagd voor het toelatingsexamen van de toneelschool en dat is voor haar kunstminnende moeder aanleiding om de culturele elite van Hilversum (het Hilversum van de Antonietti's en de Greve's) te laten delen in de feestvreugde. Meestal was Abe's reactie op uitnodigingen van wie dan ook: het genoegen dat ik hun met mijn aanwezigheid bezorg, weegt niet op tegen de ellende die ik mijzelf daarmee aandoe. Maar dit keer is hij meegegaan. Hij is niet onder de indruk, noch van de gasten, noch van de tuin. Ik heb ontzag voor mensen met grote tuinen en ook voor hun gasten. Abe niet. Hij heeft geen ontzag, maar kijkt er ook niet op neer. Rijk is een instelling, vindt hij, arm overigens ook. De bewoners van de meeste villa's zijn armen met geld.

Voor mij steekt hij boven alles en iedereen uit. Ik ben trots op hem.

Abe begint met te zeggen dat hij er begrip voor heeft dat wij op een drukke zaterdagmiddag, ergens op de Groest of in de Kerkstraat, niet zo snel tot masturbatie zullen overgaan. Maar zijn er omstandigheden denkbaar waaronder het heel verleidelijk wordt om dat wel te doen? Een ijzige stilte, alleen doorbroken door het gegiechel van de twee dertienjarigen. Stel dat iemand ons duizend gulden biedt, of als we het daarvoor niet doen, tienduizend? Een variabele waarmee we rekening dienen te houden is de samenstelling van het publiek. Stel dat je collega's om je heen staan. Bij welk bedrag ga je aarzelen? Bij welk bedrag geef je toe? En stel dat je kinderen zich onder het publiek bevinden? Is er een bedrag denkbaar waarbij je zegt: ik doe het?

In het Gooi is er altijd redding en dit keer komt die van een hoogblonde, zwaar opgemaakte vrouw die op Marlene Dietrich lijkt, of wil lijken. Haar stem is luid en schor. Ze houdt een sigaret in de ene, een glas in de andere hand. Om haar voeten dwarrelt een minipoedel. Ze draagt een zwart broekpak met een wit overhemd dat vanboven openstaat. 'Weet u wat Diogenes over liefde zei?' Ze praat met een Frans accent. Terwijl de ene stilte geruisloos overgaat in de andere, wacht ze tot ze de aandacht van iedereen heeft. 'Hij noemde het de drukke bezigheid van mensen die niets te doen hebben.' Ze schiet in een schaterende schorre lach waarbij grote tanden bloot komen. De meesten zien in de verwarring een kans om zich zo nonchalant mogelijk uit de voeten te maken. De kring rond Abe valt als de spreekwoordelijke ton in duigen.

Abe had deze keer geen tijd om samen op het Spui nog wat te drinken. Hij had een vergadering met de redactie van het tijdschrift voor klassieke filosofie in Hotel de Filosoof. Maar daar stond iets tegenover. Zijn stiefdochter Liza vierde vannacht om precies twaalf uur haar drieëntwintigste verjaardag met een klassieke *spaghettata di mezzanotte*. Ze had Abe op het hart gedrukt mij uit te nodigen. Omdat ik het afgelopen jaar een cursus Italiaans bij haar had gevolgd, hoorde ook ik aan die lange tafel te zitten. Er kwamen vrienden en vriendinnen van wie de meesten ook Italiaans studeerden. Haar Italiaanse grootouders uit Bologna waren er, de nieuwe buren van Abe en een vriendin van zijn vrouw Catia. Het moest een groot nachtelijk spaghettifeest worden zoals Liza in Italië wel had meegemaakt. Schalen met spaghetti, muziek en bovenal veel wijn. Catia had op het laatst dit feestje voor haar dochter georganiseerd en ook zij zou het leuk vinden als ik kwam, benadrukte Abe ten overvloede.

Dat hij Catia noemde gaf mij een warm gevoel. Ik had haar pas de afgelopen tijd beter leren kennen. Toen ik bij hen in Boston op bezoek was zag ik wel dat het Abe gelukt was de vrouw te vinden die precies bij hem paste. Zij wekte de indruk in een heel eigen wereld te leven, een wereld die je terugzag in haar schilderijen. Ze maakte voornamelijk portretten. De afgebeelde personen, die de toeschouwer nooit aankeken, leken in een onzichtbare cocon te zitten waarin niemand kon doordringen. Ik had het gevoel dat we met elkaar bevriend zouden kunnen raken maar dat we beiden aarzelden of er zelfs voor terugdeinsden. Alsof mijn vriendschap met Abe tussen ons in stond en ons op afstand hield.

Ik wachtte op de tram en moest denken aan de mythische figuur Medea over wie Seneca zo'n tweeduizend jaar geleden een drama in verzen had geschreven. Tussen de wachtenden op het trottoir dacht ik enkelen te herkennen van de lezing. Van de aula naar deze stoep, het was een sprong van tweeduizend jaar.

Abe had het gehoor in de aula verrast door zijn bewondering voor Medea, de gepassioneerde vrouw die al haar toverkunsten in stelling had gebracht om Jason te helpen bij het veroveren van het Gulden Vlies. Jason kan het verleidelijke aanbod om de maagdelijke dochter van de koning van Korinthe te trouwen niet weerstaan. Hij verlaat Medea met wie hij tien avontuurlijke jaren heeft doorgebracht. Het drama speelt zich af op de dag dat Jason deze koninklijke maagd zal huwen. Medea neemt gruwelijk wraak op Jason, door zijn bruid als huwelijkscadeau een mantel te geven die haar in vlammen zal doen omkomen. Later die dag vermoordt zij voor het oog van de wanhopige vader hun beide zoontjes. Het tweede uur had Abe besteed aan de voor de hand liggende vraag waarom een stoïcijn als Seneca een heel drama wijdt aan zo'n door passie verscheurde vrouw die vernietigend rondgaat.

Medea, c'est moi. Met deze uitspraak had Abe het uur na de pauze geopend.

Wat kende ik dat gezicht toch goed en ook zijn manier van kijken als hij iets uitdagends of provocerends dacht te zeggen. De rechtermondhoek opgetrokken, de opeengeklemde lippen naar voren gestoken als die van Dagobert Duck. Hij zou het een compliment vinden als iemand op de overeenkomst zou hebben gewezen. Hij was een platonist die niet genoeg kon krijgen van de slapsticks met Laurel en Hardy, om wie hij als een achtjarige kraaiend moest lachen.

Bij de halte stopte een tram. Tussen de mensen die uitstapten zag ik een man en een vrouw gehaast oversteken naar de ingang van kunstenaarssociëteit *Arti et Amicitiae*. Het waren

Teun Westerdijk en zijn vrouw Hannah die, zonder mij te hebben opgemerkt, de sociëteit ingingen.

Omdat mijn tram eraan kwam, overwoog ik even die te nemen, maar ik was toch te nieuwsgierig waar Teun en Hannah, bij wie ik nog maar een week geleden had gegeten, op deze zaterdagmiddag naartoe gingen. Teun dichtte en Hannah schilderde; vaak waren er tentoonstellingen in de sociëteit. Ik liep langs de ingang. Voor het middelste van de drie grote ramen bleef ik staan. In de door kroonluchters verlichte ruimte was het stampend druk en hoewel er geen geluid naar buiten doordrong was het of ik het geroezemoes kon horen. Men stond dicht op elkaar gepakt zonder van de plaats te komen; alleen hoofden die overal bovenuit staken zag ik speurend om zich heen kijken. In het midden van de menigte dook ineens het hoofd van Duco Deen op, die met drie mensen tegelijk in gesprek was. Achter hem verscheen het blonde, opgestoken haar van Perla Honing, net als hij redacteur bij uitgeverij Ypsilon. Ik zag schrijvers en dichters die ik kende en ik realiseerde mij, terwijl het bloed uit mijn hoofd wegtrok, dat dit de nieuwjaarsreceptie was van mijn uitgeverij waarvoor ik klaarblijkelijk geen uitnodiging had gekregen. Even werd het zwart voor mijn ogen. Ik voelde een woede opkomen die zich omzette in machteloze agressie.

Wat te doen? Gewoon naar binnen gaan, bij de garderobe mijn jas en rugzak afgeven? Duco en Perla omhelzen, en mij in de richting begeven van Teun en Hannah: ach, jullie ook hier? Of een stoeptegel loswrikken en die door een van de ruiten naar binnen smijten? Ik moest weg en wel zo snel mogelijk, voordat iemand mij hier zou zien staan. Ik leek een bibberend kind dat zijn neus plat drukt tegen een ruit, in de hoop dat de rijken die daarbinnen feest vieren hem zullen uitnodigen.

Naar huis wilde ik niet meer. Mijn hart ging tekeer en ik kreeg het warm. Een vage, drukkende pijn die zich als een druppel inkt op vloeipapier over mijn borst verspreidde. Ik stak het Rokin over en bij het ruiterstandbeeld van de jonge koningin Wilhelmina bleef ik staan, vol ongerichte woede. Aan de overkant, in de verte, zag ik nog steeds mensen aankomen, lopend of met de fiets, die naar binnen gingen. Nu het donkerder werd lichtten de ramen van de sociëteit nog meer op. Drie stenen moest ik hebben om ze door de ruiten te werpen. Ik sprak mijzelf toe: kalm blijven! Ik volgde niet voor niets de lezingenreeks van Abe. Eerst moest ik alles op een rijtje zetten, maar het rijtje bestond slechts uit twee zinnen: a. er is een nieuwjaarsreceptie van de uitgeverij, en b. ik ben er niet voor uitgenodigd. Het zou moeilijk zijn onder woorden te brengen wat ik precies voelde. Het was een vage, zeurende pijn in de buurt van borst en buik, die zich niet liet wegredeneren. Waar kwam die vage pijn ineens vandaan? Wat voelde ik precies? Woede, ja. Verslagen, miskend, mislukt? En als het inderdaad zoiets was als 'miskend', was dat dan het onvermijdelijke gevolg van wat mij zojuist was overkomen, zoals je vinger pijn doet als je die verbrandt?

Ach, had Abe maar geen afspraak gehad. Dan had ik met hem door kunnen praten over emoties. Aristoteles had er twaalf onderkend, Spinoza achtenveertig en Abe hield het op vijf. Kon je de druk op mijn borst wegredeneren? Mij tekortgedaan voelen was één ding, maar wat moest ik met die zeurende pijn? Ik moest iets doen, maar wat? Ik liep de Langebrugsteeg in. Thuis had ik voorlopig niets te zoeken. De vrede die na de lezing over mij was gekomen, ging in rook op. Nog geen kwartier geleden had ik mij prima gevoeld: ik wilde naar huis, wat eten en de tijd die ik had voordat ik naar de *spaghettata* op de Bickersgracht zou fietsen, aan mijn werktafel doorbrengen. En nu liep ik verslagen, als een boos kind, een willekeurige steeg in om zo ver mogelijk weg te blijven van het feest waar ik niet welkom was. Bij het zijsteegje met de naam die herinnerde aan een tijd dat de binnenstad nog vol zat met kloosters, *Gebed zonder end*, wist ik ineens waar ik heen wilde: Kapitein Zeppos. Een naam met de lichte illusie dat je je inscheept op een schip dat in de haven ligt en nog dezelfde avond zal vertrekken naar een bestemming waarvan alleen de kapitein op de hoogte is.

2

Mijn tijd in Amsterdam zou ik kunnen indelen naar de cafés die in een bepaalde periode van mijn leven een belangrijke rol speelden. Eind jaren tachtig, begin jaren negentig kwamen Eric en ik veel in Kapitein Zeppos. Uitgelaten avonden waarop kleine bandjes tot sluitingstijd in het overvolle café opzwepende muziek speelden. Onvergetelijk waren de Koninginnedagen met de big band die langskwam en nooit meer weg wilde, evenals de op elkaar gepakte bezoekers die grote glazen bier aan elkaar doorgaven. Dat was een dag dat je om twaalf uur al flink de hoogte had en spontaan met wildvreemden adressen uitwisselde en afspraken maakte die nooit werden nagekomen. Ik was er in geen jaren meer geweest. Voor een zaterdagmiddag leek het mij opvallend stil. In al die jaren was het café zo goed als onveranderd gebleven: dezelfde houten vloer, dezelfde roomkleurige tinten, dezelfde lampjes boven de bar. Er waren cafés die de werkelijkheid behoorlijk op afstand wisten te houden en Kapitein Zeppos had in dit opzicht alles mee, niet alleen de dromerige naam maar ook de verborgen ligging, een zijsteegje van een steegje. Bij het meisje achter de bar bestelde ik een witte wijn en ik ging zitten aan het tafeltje op de verhoging vlak bij de ingang. Rugzak en jack legde ik op de stoel naast mij. Nadat het meisje mij de wijn had gebracht zette zij muziek op. Billie Holiday, *Gloomy Sunday*. Precies de muziek die ik nodig had en die mij deed denken aan vroeger, aan gelukkiger tijden. Ook geluk deed pijn, of de herinnering eraan, maar op een andere plek, ergens in mijn keel, tijdens het slikken. Ik realiseerde mij ineens dat ik hier voor het eerst alleen zat, zonder gezelschap, zonder afspraak. Op deze trage muziek dansten Eric en ik ooit op de derde verdieping van een pandje in de Jordaan. Voor het eerst danste ik met een jongen.

Uit mijn rugzak pakte ik het kleine boekje, oblongformaat, dat ik Abe had willen laten zien. Epictetus, *Zedekundig Handboekje* stond in gouden letters op het perkamenten omslag. Een uitgave uit 1915. Ik had Abe willen verrassen met dit werkje van de Griekse stoïcijn. Vooral vanwege de opdracht die hij zich vast niet meer zou weten te herinneren. Het was de vraag of hij nog wist dat hij het mij ooit cadeau had gedaan, ruim veertig jaar geleden. We gaven elkaar boeken alsof het voedsel was; *Boven het dal* van Nescio voor hem en de twee prismadeeltjes *Geschiedenis van de filosofie* van Störig voor mij; later kreeg ik Wittgenstein en hij Achterberg; de tekeningen van Rembrandt voor mij, de Hollandse impressionisten voor hem, het *Symposium* van Plato voor mij, *Werther Nieland* voor hem. En op een dag in 1962 moest hij mij dit boekje cadeau hebben gedaan. Waarom juist dit boekje? Lag toen al vast dat ik op een dag een lezingenreeks over de Stoa bij hem zou volgen? Of vond hij dat ik, met mijn ontzag voor inwoners van kapitale villa's met rieten daken en sprookjestuinen, wel wat filosofisch tegengif kon gebruiken?

De wijn viel goed en verjoeg het knagend gezeur in de buurt van mijn borstbeen. Ook Billie Holiday viel goed. Zij riep de dagen terug waarop het luisteren naar droeve liederen het geluk vervolmaakte. 'Angels have no thought / of ever returning you.' Ik sloeg het boekje van Epictetus open.

Sommige van de dingen hebben wij in onze macht, doch niet alle. In onze macht hebben wij onze meening, ons streven, onze begeerten en afkeer, kortom alle onze handelingen die van ons uitgaan. Niet in onze macht staan ons lichaam, bezit, aanzien, ambten, kortom alles wat niet ons werk is. Wat in onze macht staat is van nature vrij, en kan niet gehinderd of belemmerd worden; wat niet in onze macht staat is zwak, onvrij, onwis, van anderen afhankelijk.

Wijze taal, even wijs als de teksten van Seneca die Abe ons opdroeg te lezen. Maar wat had ik er nu aan? Bij elke tekst kon ik knikken en zeggen: goed gezien, helemaal waar, maar de onrust bleef. Er was weinig fantasie voor nodig om het gezelschap te zien, op een paar honderd meter hiervandaan, met een glas in de hand, elkaar complimenterend met een zojuist verschenen roman of dichtbundel. Had ik daar ook niet moeten staan? Ik had drie romans bij Ypsilon uitgegeven, de eerste met bescheiden succes, de tweede met minder succes en de derde was door de kritiek niet eens opgemerkt en dus door de lezer niet aangeschaft. Ja, ik kon op een dag doorbreken, hielden sommige van mijn vrienden mij voor, ja dat kon gebeuren. *Sommige van de dingen hebben wij in onze macht, doch niet alle.*

Drie jongens en een meisje, van midden twintig schatte ik, kwamen het café binnen en plotseling stak er een frisse wind op die de zeilen deed bollen. We gaan, zei ik tegen mijzelf. Ja, gingen we maar, waar dan ook heen. Weg uit Amsterdam, weg van *Arti et Amicitiae*. Ze bestelden bier, deden hun jacks en jassen uit en bleven staan bij de bar. Het meisje met het lange blonde haar was het middelpunt. Al hun bewegingen waren geolied. Het was een troost om naar hen te kijken, hoe ontspannen ze stonden, lachten en proostten, om te luisteren naar hun heldere, onbezorgde stemmen waar nog zo weinig verleden in doorklonk. De toekomst spreidde zich als een weids landschap voor hen uit. Alle kanten konden zij op.

Ik moest denken aan het afgelopen voorjaar toen het er even de schijn van had dat ook ik nog alle kanten op kon. Dat ik een nieuw leven kon beginnen met de donkerogige schoonheid, die ik tot mijn schade het leven van mij en Eric had binnengehaald. Ik had gespeeld en verloren.

Worden wij op een gastmaal genoodigd, dan nemen wij wat ons wordt voorgezet. Indien een gast den gastheer vroeg om visch of gebak voor te zetten, zou hij onredelijk worden genoemd. In de wereld ech-

ter verlangen wij van de goden wat zij ons onthouden, en dat ondanks het vele, dat zij ons gegeven hebben.

Ik bestelde nog een wijn door het lege glas op te houden. Billie Holiday was overgegaan in Louis Armstrong. Ook goed. Het meisje was op een kruk gaan zitten. De drie jongens stonden dicht om haar heen en lachten om wat ze zei. Zelf lachte zij het uitbundigst. Ik had de neiging naar haar toe te lopen en haar te vragen of ooit iemand had gezegd dat ze op Grace Kelly leek, een uitbundige Grace Kelly. Ik wist ineens waarom het een troost was naar hen te kijken. Ook Eric en ik hadden zo in kroegen gestaan, ook wij hadden deel gehad aan die vanzelfsprekende vorm van geluk. Dat was tenminste niet aan mij voorbij gegaan. Hoe mijn leven na vandaag eruit zou zien, ik had geen idee. Alsof de toekomst, nu ik was buitengesloten van het feest, mij was afgenomen. Ik had alleen nog maar heden. En dat was nieuw. Het heden had voor mij altijd onder spanning gestaan van wat nog moest komen: een feest, vakantie, de zaterdagavond en de laatste jaren de publicatie van een roman. Voor vanavond was er de *spaghettata*. Maar wat daarna?

Weer pakte ik het boekje, al was het alleen maar om me een houding te geven en sloeg het open op een willekeurige plaats.

Wie ontevreden is over zijn tegenwoordigen toestand en over hetgeen het lot hem toedeelt, is onervaren in de levenskunst, maar hij, die zulks met alle gevolgen waardig en verstandig draagt, die mag terecht een goed mensch geheeten worden.

Zo zag ik mijzelf wel, als onervaren in de levenskunst. Ik was ontevreden over mijn 'tegenwoordigen toestand' en voelde een doffe woede opkomen jegens de medewerkers van Ypsilon die mij hadden overgeslagen, misschien per ongeluk, maar ook dat zei genoeg. Ik wilde absoluut niet naar het lege huis waar de emoties, door niets en niemand gehinderd, alleen maar heviger zouden worden en mij mee zouden sleuren in de richting van een lichte depressie. Wat moest ik met al die emoties? Het afgelopen jaar hadden emoties mijn dagen en nachten als onkruid overwoekerd. Ik moest mij ervan bevrijden, daarvoor zat ik op aanraden van de professor op zaterdagmiddagen in die kerk. Alles kon helpen. Schrijven kon helpen, de lezingen van Abe konden helpen en ook de teksten van Seneca.

Wat Abe in Seneca had getroffen was dat hij een veel grotere psycholoog was dan waarvoor hij over het algemeen werd aangezien. Het klonk zo makkelijk: je bevrijden van de emoties door je opvattingen over de wereld te veranderen. Maar zo eenvoudig gaat dat niet en dat wist Seneca als geen ander. Na afloop van de eerste lezing zei ik dat ik mij een leerling voelde die bijles kreeg. 'Alleen de domsten en de slimsten krijgen bijles,' zei Abe, 'de domsten om te voorkomen dat ze blijven zitten, de slimsten om ze een klas te laten overslaan.' Zonder mijn reactie af te wachten vertelde hij over een brief van Seneca aan een vriend waarin hij de ziel vergelijkt met een donkere grot vol spelonken en duistere meren waar we nauwelijks toegang toe hebben. Daarin moet je afdalen om alles wat duister in je is naar de oppervlakte te brengen om er uiteindelijk de macht over te krijgen. En daarvoor was een grondig zelfonderzoek nodig. Seneca als voorloper van de psychoanalyse.

De onvoltooide roman *Oud-Loosdrecht* had ik na het negatieve commentaar van Duco Deen terzijde gelegd. De laatste vijf maanden, vanaf september, had ik in stilte gewerkt aan een nieuwe roman. Abe had mij geïnspireerd en gestimuleerd. Het was ook een poging mijn nieuwe redacteur ervan te overtuigen dat ik wel degelijk een ander thema beheerste dan 'gemankeerde erotische vriendschappen'. De roman *Oud-Loosdrecht* was uiteindelijk vriendelijk maar beslist afgewezen. Hij had mij aangeraden eens een ander soort verhaal te proberen, zoals je iemand aanraadt op een ander merk koffie over te stappen. Ik had *Oud-Loosdrecht* opgegeven en was inderdaad begonnen aan een ander soort verhaal, met een heel andere titel: *Een tragedie in de Achterhoek*. Deze nieuwe roman, die een poging was mij te revancheren op de afwijzing, werd geschreven met het oog op een publiek, hoe gering ook. Hij ontstond in de spanning tussen mij en de onbekende lezer, waarbij de uitgeverij als bemiddelaar optrad. Viel de uitgeverij weg, dan viel het schrijven weg.

Ik kreeg het plotseling warm. Wat moest ik met mijn dagen als de uitgeverij wegviel? Met een tamelijk gunstige regeling was ik vervroegd bij mijn werk vertrokken om mij geheel te kunnen wijden aan het schrijven. Tijdens de afscheidsreceptie had men mij toegesproken en succes gewenst bij mijn nieuwe carrière. Tot slot had ik een gouden vulpen cadeau gekregen. Al mijn collega's keken reikhalzend uit naar mijn nieuwe boek, zeiden ze.

Maar voor de uitgeverij bestond ik niet meer.

3

Bij uitgeverij Ypsilon wisselden redacteuren elkaar af met de snelheid van estafettelopers, die hun auteurs als stokjes aan elkaar doorgaven. Met drie verschillende redacteuren had ik gesproken over *Oud-Loosdrecht* en alle drie hadden ze andere denkbeelden, andere ideeën en andere adviezen. De laatste die zich had verdiept in mijn korte literaire geschiedenis bij Ypsilon was Duco Deen, de man die met drie auteurs tegelijk kon praten. Hij had de reputatie altijd goed gekleed te gaan en keihard te kunnen zijn. Hij kwam van een zieltogende uitgeverij die hij weer nieuw leven had ingeblazen door slecht verkopende auteurs steviger te begeleiden en sommigen zachtjes doch beslist af te voeren. We spraken af in een grand café in de binnenstad. Zo'n najaarsdag waarop Amsterdam een metamorfose ondergaat en uit zijn eigen spiegelbeeld lijkt op te rijzen. Alles zindert en trilt en je begrijpt waarom deze stad het Venetië van het Noorden wordt genoemd. Een weemoedig spiegelbeeld van het voorjaar. Voordat de stormen losbarsten laat de stad nog even zien hoe verleidelijk zij kan zijn.

Die septemberdagen voelde ik mij onwerkelijk, alsof het mij niet lukte goed wakker te worden en er ruimte zat tussen mij en de realiteit van alledag. Drie weken daarvoor was Eric naar India vertrokken, en ik had nog steeds het gevoel dat alles als los zand aan elkaar hing. Op een dag zou alles kunnen verdampen, oplossen, uit elkaar vallen, als droog geworden koek die onder je handen verkruimelt. Er zat geen verband meer tussen de dingen. De drie maanden dat we tijdelijk gescheiden woonden had ik dat gevoel niet gehad. Hij was nog in de stad, ik kon nog naar hem toe. Na drie maanden zou de collega in wier appartement hij tijdelijk woonde terugkomen en dan zouden we verder zien. Maar dat 'verder zien' was een half jaar opgeschoven. Hij wilde afstand nemen, letterlijk. Het enige wat mij echt houvast gaf was het schrijven. Zolang ik aan mijn werktafel bleef zitten was er niets aan de hand.

Wij zaten binnen, Duco Deen en ik, tegenover elkaar aan een tafeltje. De glazen deuren naar het terras aan het water stonden open en met de zachte wind waaiden ook de stadsgeluiden binnen. Ook op deze warme septemberdag droeg Duco een strak colbertjasje, een wit overhemd en een stropdas. Hij was ongetwijfeld de best geklede redacteur van Amsterdam, en met zijn donkere haar en staalblauwe ogen waarschijnlijk ook de knapste. Na een korte aanloop over het weer, Amsterdam, de uitgeverij, en nadat de koffie was gebracht, moesten we het dan toch hebben over *Oud-Loosdrecht*. Hij zat rechtop, de ellebogen op tafel, de vingers van beide handen gespreid, de vingertoppen tegen elkaar.

Voordat hij met mij over *Oud-Loosdrecht* zou praten wilde hij eerst een probleem aan de orde stellen en het probleem kwam erop neer dat het aantal lezers van mijn romans in plaats van toe te nemen alleen maar afnam. Hoe kwam dat? Had ik wel eens nagedacht over de vraag wie mijn impliciete lezer of lezeres was?

Duco Deen was zo'n twintig jaar jonger dan ik maar ik werd een jongen van twaalf die door het hoofd van de school wegens wanprestatie op het matje wordt geroepen. Een hopeloos gevoel. Je begon als gelijkwaardige gesprekspartners, maar na één vraag was duidelijk hoe de machtsverhoudingen lagen. Als twaalfjarige barstte je in tranen uit, nu liep er een rilling over mijn rug. En tegenover de man met het Armani-jasje, het witte overhemd en de gestreepte stropdas voelde ik mij plotseling naakt. Ik had hem en de uitgeverij niets te bieden.

Een slechte verkoop kon verschillende oorzaken hebben,

zei hij. Soms faalde de uitgeverij, werd de publiciteit verkeerd aangepakt, soms lag het aan de redacteur die niet het juiste uit de auteur wist te halen en het kon natuurlijk ook aan de schrijver liggen.

Ik knikte. Ik was het helemaal met hem eens.

De vingertoppen gingen even van elkaar.

Voor wie schreef ik eigenlijk die romans? Welke lezer had ik daarbij op het oog?

Die vraag was wel eens bij mij opgekomen maar nooit tijdens het schrijven. Waarschijnlijk was de geïmpliceerde lezer, zoals Duco hem noemde, iemand zoals ikzelf. Ongeveer zoals ik.

Uit zijn reactie bleek dat hij niet alleen de laatste versie van *Oud-Loosdrecht* had gelezen, maar ook de drie bij Ypsilon gepubliceerde romans die waren verschenen toen hij er nog niet werkte.

Hij zag het zo. In mijn romans speelde vriendschap een belangrijke rol. Op de achtergrond van die vriendschap vormde de erotiek een probleem waardoor die vriendschap onder een bepaalde spanning kwam te staan, zeker voor de hoofdpersoon. Een spanning die nooit tot een oplossing of een afronding kwam omdat er geen confrontatie plaatsvond. En omdat de erotiek voor de hoofdfiguur iets essentieels was maar voor de tegenspeler hooguit iets incidenteels, sowieso iets wat uit de weg gegaan moest worden, was een confrontatie uitgesloten.

Wilde ik nog iets drinken?

Ik kon niet anders dan met bewondering naar Duco Deen kijken. Zo scherp geformuleerd had ik mijn literaire thematiek nog nooit gehoord.

Nadat de koffie was gebracht zei Duco dat het misschien moeilijk was vast te stellen wie de geïmpliceerde lezer was, maar het was niet moeilijk te zien wie er werden buitengesloten. Mensen die het boek pakten om meer te weten te komen over de erotische wereld van jongens of mannen, kwamen bedrogen uit omdat het bed in mijn romans geen enkele rol speelde. En wie wilde weten hoe twee jongens de wereld wilden veroveren of door gedeelde of tegengestelde belangen met elkaar in gevecht raakten, werd voor zijn gevoel meegezogen in een broeierig moeras waar hij liever verre van bleef. Dan was er nog de schare lezende vrouwen van min of meer middelbare leeftijd die over het algemeen openstond voor afwijkende thematiek. De grote vraag waartoe het probleem was terug te brengen luidde: waarom vonden mijn boeken bij die groep geen weerklank?

Het was duidelijk dat het antwoord op die knellende vraag niet van mij kon komen.

Maar Duco wist het antwoord ook niet. Hij had wel een idee. Hoe zou hij het zeggen? Zijn staalblauwe ogen kneep hij samen en hij formuleerde langzaam als iemand die het dankzij grote inspanning lukt een onduidelijk handschrift te ontcijferen. De hoofdfiguren zijn allemaal volwassen mannen die terugkijken op hun jeugd en er blijkt geen verschil in mentaliteit of levenshouding tussen die volwassen mannen en hun jeugdige versie. Ze zijn puber, adolescent gebleven met alle schaamte voor hun seksualiteit die daarbij hoort. Hij knikte, ja, dat kon hij zo'n beetje ontcijferen, als je je best deed.

En, voegde hij eraan toe, in deze tijd doet het geforceerd aan om seksualiteit buiten de roman te laten. Zelfs in jeugdboeken was seksualiteit geen taboe meer.

'Misschien zijn de lezeressen verder in hun ontwikkeling dan de schrijver,' suggereerde ik.

Voor het eerst verscheen er een glimlach op het gezicht van Duco Deen. Alsof hij voor het eerst zag, als door een kier, dat er iemand tegenover hem zat met een eigen gezicht, een eigen leven in plaats van een anonieme producent van een stapel papier waar hij zijn oog kritisch over had laten gaan.

'Kijk,' zei hij nog steeds met die verrassende glimlach, 'de lezeres vindt het niet erg als zij slimmer is dan de hoofdfiguur, losers zijn erg geliefd bij lezers, maar zij moet niet ontdekken slimmer te zijn dan de schrijver.'

Ik kreeg het benauwd en wilde weg. Naar buiten, weg van Duco Deen en weg van *Oud-Loosdrecht* en alles wat je erover kon zeggen.

Maar ook ik kon glimlachen.

Na twee consumpties waren we toe aan een afronding.

Duco stelde voor het verhaal waaraan ik nu al anderhalf jaar werkte, gewoon een tijdje te laten rusten, er afstand van te nemen en mijn gedachten eens te laten gaan over een heel ander soort verhaal. Als ik zo doorging zou ook deze roman weer een verhaal worden over 'gemankeerde lovers'. Over een gemankeerde erotische vriendschap.

Hij riep de ober en keek mij weer aan met diezelfde glimlach. Waarschijnlijk was hij tevreden over de geïmproviseerde typering.

Wat kon ik anders doen dan knikken en slikken? Hij bepaalde hier de regels, niet ik. Met mijn script naar een andere uitgeverij gaan had met mijn gebrek aan reputatie geen enkele zin. Ik nam mij voor mijn rug recht te houden. Geen teleurstelling te laten blijken. Hem aankijken met een blik waaruit waardering en zelfs bewondering sprak voor zijn scherpe analyse en zinvolle suggestie. Gemankeerde lovers. De beker gif drinken alsof het champagne was.

Duco rekende af en op de stoep voor het café namen we afscheid.

Ja, ik zou mijn gedachten eens laten gaan over een heel ander soort verhaal.

Terwijl Duco wegfietste in de richting van de uitgeverij, bleef ik staan. Al mijn irritatie en ongenoegen had ik eronder weten te houden. Op dit moment wist ik niet welke kant ik ermee op moest. Maar ik moest weg, dat wist ik wel, de stad uit, weg van uitgeverijen en redacteuren, weg van lezers en lezeressen die slimmer waren dan de auteur, weg van alles, naar Oud-Loosdrecht, waar ik het afgelopen jaar alleen op papier naar was teruggekeerd.

4

De afstand Amsterdam-afslag Vinkeveen over de A2 is niet meer dan zo'n twintig kilometer, maar blijkbaar voldoende om je woede, opgestookt door de vaart van de auto, gigantische proporties te laten aannemen. Al mijn agressie werd omgezet in levensgevaarlijke snelheid. Als ik over een tweebaansweg had gereden was de kans groot geweest dat ik een tegenligger had geramd. Mijn woede richtte zich tegen de gesoigneerde redacteur die aan de poort van de uitgeverij zat en mij erop had gewezen dat hij niet wist of die poort voor mij wel open zou blijven. Tranen schoten in mijn ogen, en ik omklemde het stuur met alle kracht terwijl ik het gaspedaal nog meer indrukte. De afgelopen tijd had ik mij staande weten te houden dankzij mijn geloof in het verhaal waaraan ik mij na het vertrek van Eric fanatiek had vastgeklampt. En dat verhaal was op een zijspoor gezet, afgevoerd. Gemankeerde lovers. Wat had hij bedoeld met 'gemankeerd'? Was dat wel goed taalgebruik?

Zodra ik de richting Hilversum insloeg, voelde ik mij al rustiger worden. Met de lagere snelheid nam mijn agressie af en ik hervond een zekere kalmte toen ik Loenen naderde. De groene weilanden met hun koeien, het landelijke dorp waar de tijd leek te hebben stilgestaan en het spiegelende vlak van de Loosdrechtse Plassen: alles droeg ertoe bij dat de woede schuilging achter een vitrage van vrede. Ik parkeerde de auto in de schaduw van wat bomen bij de Lambertszkade. Aan dit dijkje hadden Abe en ik vroeger veel gelegen, gepraat, elkaar voorgelezen, gezwommen. In deze omgeving hadden we geroeid, gezeild. Gemankeerde lovers. Ik liep een eind het dijkje op. Mugjes vormden een grote dansende bol in het zonlicht. Omdat er geen wind stond was het wateroppervlak glad als een spiegel. Ook als ik nu na jaren uit een coma ontwaakte, zou ik weten dat het september was, midden september. Ik zou het zien aan het licht dat vochtiger was dan in het voorjaar. De horizon was bewasemd. En het rook anders, naar kalmoes, de eerste tekenen van bederf. De bladeren van de hazelaars en wilgen glansden dieper. Ik bleef plotseling staan. Er waren toen kleine inhammen waar wij, verscholen achter struiken, op onze handdoeken lagen. Ik las Abe voor uit de 'Ballade van de gasfitter'. Ach, wat had ik hen op dit moment graag betrapt, deze literaire zwemmers. Mooie jongens, ongetwijfeld, mooie jonge lichamen, gespierd en gebruind, maar wat doen ze er-mee? Wat een teer, absurd tafereel, twee jongens van achttien, naakt, op een zwembroek na, en de een leest de ander gedich-ten van Achterberg voor uit de Ooievaarpocket *Voorbij de laat-ste stad*. Ik kon tegen hen zeggen wat ik wilde maar ze zouden hun schouders ophalen. En wat moest ik tegen hen zeggen? Ga een meisje zoeken tegen de een, en ga achter andere jon-gens aan tegen de ander? Waarom zouden ze? Ik wandelde te-rug naar de weg, liet de auto staan waar die stond en liep naar het café-restaurant met een terras aan het water. De Vuntus. In Loosdrecht hadden de plassen geen naam maar werden zij aangeduid met rangtelwoorden, de eerste, de tweede en der-de plas. Waarom deze plas een naam had en dan nog wel zo'n naam, daar waren we nooit achtergekomen.

Het was de tijd tussen lunch en avondeten en dat verklaarde waarschijnlijk de rust op dit terras. Ook op de plas was het stil. Ik ging zitten aan een tafeltje zo dicht mogelijk bij het water en bestelde een karaf witte wijn, water en een salade. Ik hoop-te op deze plek tot rust te komen, door gewoon te zitten, met mijn gezicht in de zon, te kijken naar het water, de steiger met bootjes, de kleine wolkjes als krijtvegen op een blauw school-bord.

Van het ene moment op het andere voelde ik mij totaal alleen, zonder enige bescherming, zonder dak waaronder ik kon schuilen. Normaal zou ik na zo'n gesprek als met Duco Deen onmiddellijk Eric hebben gebeld. We zouden aan het eind van de dag ergens zijn gaan eten en hij zou mij opgebeurd hebben met zijn nuchtere, relativerende kijk. Maar Eric had afstand van mij genomen en was naar India vertrokken.

Bij het tweede glas proostte ik maar op de twee jongens aan het dijkje. Ik had Abe gelukkig niet verteld dat het verhaal waaraan ik al anderhalf jaar werkte, en dat ik van Duco Deen moest laten rusten, terugging op onze vriendschap. Ik had zelfs de titel geheim gehouden, in de hoop hem op een bepaald moment met titel en inhoud te kunnen verrassen. Ik had gedacht hem er pas bij verschijning over te vertellen. Maar het zou niet verschijnen. Niet bij Ypsilon en dus bij niemand. Even kwam mijn agressie in de septemberzon weer tot volle bloei.

Ik had verwacht dat de nieuwe redacteur enthousiast zou reageren en ik was er blindelings van uitgegaan dat ik de gelegenheid zou krijgen met hem over het vervolg te praten. Ik had de gelegenheid niet gekregen maar ook niet te baat genomen. Nu pas drong in alle scherpte tot mij door dat het afwijzen van *Oud-Loosdrecht* betekende dat de grond onder mijn dagen werd weggeslagen. Het schrijven hield niet alleen de demonen buiten de deur maar structureerde bovenal mijn dag, gaf er zin aan. Ik wisselde het schrijven af met andere bezigheden, zoals de stad in gaan, met Abe naar de film, fietsen of wandelen, maar door alles heen liep als een rode draad het verhaal van de twee vrienden. Alles wat ik deed werd overspannen door dat verhaal. Zonder *Oud-Loosdrecht* zouden mijn dagen uiteenvallen in losse onderdelen, zonder enig verband.

Waarom was ik niet voor mijzelf opgekomen? Waarom was ik niet opgestaan en had ik Duco Deen niet bij die mooie blauwgestreepte stropdas gepakt en gezegd: moet jij eens goed luisteren, modepop, wat weet jij ervan? Gemankeerde lovers! So what? Seksualiteit in romans, het zegt mij niets. Heb je *Madame Bovary* wel gelezen? Wat zou je zeggen van die schitterende scène waarin de twee geliefden, Léon en Emma, zich in een koetsje eindeloos laten rondrijden door de straten, lanen, over de pleinen en kaden van Rouen. De gordijntjes van de koets blijven dicht. We horen alleen af en toe een opgewonden stem die roept dat de koetsier door moet rijden zodra hij aanstalten maakt te stoppen. Het enige wat we aan het eind van de rit te zien krijgen zijn de papiersnippers die een hand naar buiten laat vallen en die als witte vlinders terechtkomen in een akker met bloeiende rode klaver.

Het is een goed verhaal, hield ik mijzelf voor, terwijl de tranen achter mijn ogen brandden.

Ik was een gemankeerde *lover*, maar een geslaagde *loser*.

Losers zijn erg geliefd bij lezers, had Duco gezegd. Misschien, als ik de gebeurtenissen van het afgelopen jaar op papier zette, misschien dat dan vrouwen van middelbare leeftijd massaal de boekwinkels zouden bestormen. Wie weet. Alles waarvan ik zeker dacht te zijn, was onder mijn voeten weggeslagen. Misschien zat er een verhaal in, maar dat zou ik niet willen schrijven. Dít verhaal had ik willen schrijven, *Oud-Loosdrecht*. Een ode aan een gecompliceerde vriendschap. Ik wilde het nog steeds, maar als er geen uitgeverij voor was, wat dan?

Het is een goed verhaal, herhaalde ik in mijzelf, alsof het een mantra was. Het zit goed in elkaar, godverdomme. Duco Deen is niet goed bij zijn hoofd.

5

Midden jaren tachtig.

Twee mannen van begin veertig, Abel en Wiland, die al vanaf de middelbare school met elkaar bevriend zijn, maken een wandeling van een week over de Peloponnesus. Ze zijn beiden vaker in Griekenland geweest maar nog nooit samen, hoewel ze daar wel vaak over hebben gefantaseerd. Het moest er maar eens van komen, zeker nu Abel voor onbepaalde tijd naar Amerika vertrekt waar hij filosofie van de oudheid gaat doceren aan Harvard. Hij is sinds een jaar gescheiden en is wel toe aan wat een 'nieuwe uitdaging' kan worden genoemd. Of hij ooit weer zal trouwen weet hij niet. Volgens Samuel Johnson is een tweede huwelijk de triomf van de hoop op de ervaring, en Abel is realistisch genoeg om de hoop niet al te veel speelruimte te gunnen. De scheiding is niet zonder problemen verlopen maar omdat er geen kinderen bij betrokken waren, bleef de schade beperkt. Abel heeft nooit kinderen gewild; een belangrijk argument voor kinderloosheid is zijn allergie voor rondslingerend speelgoed op de vloer. Onesthetisch vindt hij het.

Voordat ze gaan wandelen brengen ze twee dagen in Athene door. Ze voelen zich goed, soms zelfs uitgelaten, alsof ze nog op school zitten en de toekomst helemaal open ligt, en dat is in zekere zin ook zo. Voor Wiland zijn de veranderingen niet zo spectaculair als voor Abel, maar ook hij heeft reden zich feestelijk te voelen. Hij is zojuist bevorderd tot hoofd van de afdeling voorlichting van de gemeente Amsterdam. Zijn vriend, met wie hij al vijftien jaar samenwoont, is partner bij een gerenommeerd advocatenkantoor geworden. Levens zoals er zoveel zijn in Amsterdam. Men is goed opgeleid, woont comfortabel, door de week wordt er gewerkt, in het weekend zoekt men elkaar op, of gaat uit. Aan de oppervlakte is het verschil tussen al deze levens te verwaarlozen, het verschil zit onder de oppervlakte, waar het verleden huist.

In de bus van het vliegveld naar de stad vertelt Abel over het artikel dat hij in het vliegtuig heeft gelezen. Een wetenschappelijk onderzoek heeft uitgewezen dat de ideale leeftijd voor een man tussen de 40 en de 45 jaar ligt. Hebben zij even geluk gehad! Beiden behoren tot de uitverkoren naoorlogse generatie, zodat zij er rekening mee moeten houden dat de ideale leeftijd gewoon met hen opschuift. Daar gaat Abel maar vanuit. Volgens dat artikel zijn zij nu op hun top, zowel naar lichaam als naar geest. Je begint de wereld en zijn mechanismen door te krijgen en je ziet dat idealen net zo makkelijk aangehangen als verlaten worden. Je bent, als het goed is, in evenwicht, niet te snel op te winden, maar ook niet snel te ontmoedigen. En erotisch schijn je ook op je best te zijn.

Die laatste bevinding wordt de eerste avond al bevestigd als zij op de Plaka worden aangeschoten door een man die hen in contact kan brengen met meisjes, terwijl hij uit zijn binnenzak een album met foto's haalt. Als zij hem duidelijk maken niet geïnteresseerd te zijn, fluistert de man dat hij ook over een arsenaal jongens beschikt. Die man heeft dat artikel vast ook gelezen, zegt Abel.

De volgende ochtend bevinden zij zich op de Akropolis met het Parthenon, de tempel van Nikè en andere resten van een beschaving waar Abel meer van weet dan Wiland. Deze laat de verhalen over de eeuw van Perikles en de wederopbouw van het tempelgebied na de verwoesting door de Perzen, over zich heen komen als prettige achtergrondmuziek. Het is een prachtige voorjaarsdag en het intense blauw van de hemel lijkt te zijn afgestemd op de roze zuilen van het Parthenon. De lichte wind vervolmaakt deze eerste ochtend. Wiland kijkt beter dan dat hij luistert en soms dwalen zijn gedachten af. Terwijl hij achter Abel aanloopt ziet hij ineens flitsen van Loosdrecht op een vroege zomermorgen, het weerkaatsen van het zonlicht op het water, hoewel er hier in de wijde omtrek geen zee of water te bekennen is. Misschien is de frisse helderheid van deze ochtend verwant aan het licht van zo'n zomerochtend aan de plas. Misschien komt het doordat ze net zo lopen te dwalen als vroeger, door Ankeveen, Kortenhoef, Loosdrecht. Ze zijn begin veertig maar ook achttien. De klassieke oudheid zit misschien in hun hart maar het Hollandse landschap in hun ogen.

Op de Agora, het oude marktplein waar het openbare leven van de stad was geconcentreerd, vertelt Abel over zijn held Diogenes die hier zijn ton naartoe zou hebben gerold. Ze blijven staan, tegenover elkaar, met op de achtergrond de tempel van Hephaestus. Abel vertelt niet, hij doceert, nadrukkelijk maar rustig, alsof hij een groep studenten voor zich heeft. Hij roept een beeld op van een man die door zijn onafhankelijkheid en afwijkend gedrag de inwoners van Athene uitdaagde en een spiegel voorhield waarin ze liever niet keken. En Abel doceert over het verschil tussen conventie (*nomos*) en natuur (*physis*). Dat Diogenes slechts wat je van nature nodig hebt van belang achtte, en dat je die natuurlijke behoefte zo eenvoudig mogelijk moet bevredigen. Voor die eenvoud is oefening nodig. Normen en gebruiken die zo'n manier van leven in de weg staan zijn dus onnatuurlijk. Daarom moet je je ook niet schamen de natuur zijn gang te laten gaan. Een van Diogenes' uitspraken is dat de goden aan de mensen een gemakkelijk leven hebben gegeven maar dat ze dat kwijt zijn geraakt doordat de mensen honingkoeken, zalven en dergelijke gingen zoeken. Uit wat er over hem geschreven is blijkt dat men hem om zijn afwijkende levenswijze zowel bespotte als bewonderde. Het bijzondere is, zegt Abel, dat Plato en Diogenes elkaar gekend moeten hebben. Twee totaal tegenovergestelde persoonlijkheden. Ze leefden in dezelfde tijd in dezelfde stad. Er is natuurlijk veel over gespeculeerd, maar we weten niets zeker. Diogenes zou de ideeënleer van Plato onzin hebben gevonden en Plato zou over Diogenes gezegd hebben dat hij een gek geworden Socrates was.

De volgende dag gaan ze 's ochtends eerst naar de plek waar de Akademie van Plato zou hebben gelegen. Het is een veldje van niets, even buiten de stad. Het is moeilijk voorstelbaar dat hier de grote Plato met briljante jongemannen over de ideeenwereld zou hebben gediscussieerd. Voor alles wat ze tot nu toe bezocht hebben, de Akropolis, de Agora en de Akademie, geldt dat je om een verdwenen beschaving op te roepen net zozeer je fantasie als je ogen moet gebruiken. Dit geldt niet voor het middagprogramma dat een uitgebreid bezoek aan het Archeologisch Museum behelst.

Het grote, koele museum is een waar lustoord voor klassieke fijnproevers. Ook nu neemt Abel de leiding. Ze lopen langs beelden, beschilderde vazen en andere voorwerpen en op een bepaald moment doet zich een scheurtje voor, onopvallend klein als het klassieke steentje in de schoen, maar even hinderlijk. Dat wil zeggen: hinderlijk voor degene met het steentje in de schoen. Abel merkt niets, hij praat door over het verschil tussen de Griekse cultuur en de onze wat betreft het belang van naakt. De Griekse cultuur verschilde daarin ook van de Babylonische en Egyptische waar het naakt als een teken van oneerbiedigheid werd gezien. Voor de Grieken was dat heel anders. De perfecte mens was niet alleen spiritueel maar ook fysiek in evenwicht, harmonieus. Het naakte lichaam had een diepe betekenis en drukte een morele waarde uit. En Abel loopt van het bronzen beeld van een jongeman die Paris zou kunnen voorstellen, op het moment dat hij de appel aan Aphrodite overhandigt, naar het beeld van Poseidon, die op het punt staat zijn (verdwenen) drietand te werpen.

Wat Wiland begint op te vallen is dat Abel over de beelden praat zoals hij over een Bugatti zou kunnen praten. Hij is niet ontroerd, zelfs niet getroffen. Hun schoonheid raakt zijn ogen, maar niet zijn ziel en zeker niet zijn kruis. Wiland kan daar begrip voor opbrengen. De bronzen beelden creëren misschien juist door hun perfectie ook een zekere afstand. Of beter gezegd: ze maken het je makkelijk afstand te houden. Maar als ze even later voor een grafzuil in haut-reliëf staan, valt elk begrip weg. De grafzuil geeft Wiland een schok. Er zijn twee grote figuren afgebeeld, een naakte jongen en een in een mantel gehulde oude man. De jongen leunt tegen een pilaar, een beetje schuin achterover, het linkerbeen over het rechter geslagen. Wiland is even totaal van slag. Abel vervolgt zijn uitleg en wijst hem erop dat de oude man met het gefronste voorhoofd diep in zichzelf verzonken is en niet naar de jongen kijkt. En de jongen kijkt niet naar de oude man maar naar de beschouwer, met een berustende, bijna lijdelijke blik. Er is een ondoordringbare wand tussen leven en dood. En kijk naar de hond aan de voeten van de oude man, zegt Abel, ook de hond die waarschijnlijk de jongen op de jacht vergezelde, heeft zich van hem afgekeerd.

Waardoor wordt hij zo geraakt, vraagt Wiland zich af. Ook het lichaam van deze jongen is perfect, maar daarin verschilt het niet van de andere lichamen in dit museum. Komt het door het materiaal? De grafzuil is van marmer dat door de tijd licht is aangetast. Bovendien is van de jongen het geslacht afgeslagen en is van zijn rechterarm alleen nog een stompje over. Is het zijn kwetsbaarheid tegenover de perfectie van Paris en Poseidon? Nee, dat is het ook niet. Hij zou de jongen uit het dodenrijk terug willen halen, al was het maar voor een dag. De jongen was aanraakbaar en tevens onbereikbaar. En hij wist dat hij de jongen die door het marmeren reliëf werd opgeroepen en er op een raadselachtige manier mee samenviel, nooit zou vergeten.

'Een ontroerend beeld,' zei hij toen hij zich weer aansloot bij Abel die door was gelopen.

Abel bleef even staan, keek hem aan, het hoofd schuin, de rechtermondhoek opgetrokken en zei: 'To be, or not to be, Winnie, daar draait het om. Dood zijn is hetzelfde als nooit geboren zijn. Aeschylus.'

En hij liep door.

De derde dag vertrekken ze per bus via Korinthe naar Kláto, een plaatsje vijftien kilometer ten noorden van Korinthe. Daar begint de wandeling het binnenland in, een tocht die Abel heeft voorbereid. Ze zullen wel zien hoever ze komen. Als ze maar over zeven dagen in Kalamata zijn vanwaar ze terug zullen vliegen.

Het kwaad is geschied en de ergernis sluipt naar binnen als een wormpje in de bast van een noot en hecht zich vast aan iets onnozels: aan het gebreide mutsje waarmee Abel zijn kale schedel tegen de zon beschermt. Een baseballpet zou hem veel beter staan, maar Abel veracht modieuze malligheden. In Athene heeft Wiland ermee in zijn hand gestaan maar Abel heeft hem niet eens willen opzetten. En alles wat ooit in het voordeel van Abel pleitte, werkt nu tegen hem. Wiland ergert zich nu aan de in zijn ogen gecultiveerde onhandigheid en excentriciteit, en aan de zinloze zuinigheid. In plaats van het eerste het beste hotel in te duiken als ze in een plaatsje aankomen, moeten ze alle hotels langs om het goedkoopste te vinden. En Wiland volgt dociel, precies als vroeger, maar nu met onderdrukte ergernis. Hij begint zich ook te ergeren aan de filosofische uitstapjes van Abel naar aanleiding van wat dan ook. Dat Kant de menselijke geest vergelijkt met een gevangenis waar we niet uit kunnen. Hoe de werkelijkheid 'an sich' is, los van onze manier van kijken en denken, daar kunnen we geen uitspraak over doen. En hij springt van Kant op Plato. Dat de westerse filosofie een kanttekening is bij het werk van Plato.

Het gaat altijd weer over de vraag: waar hebben we het over als we over de werkelijkheid praten? Je kunt stellen dat de *Tractatus* van Wittgenstein een antwoord op dezelfde vraag probeert te vinden. De werkelijkheid is alles wat het geval is, zo opent de *Tractatus*. Maar wat is het geval? Vroeger zou Wiland vol bewondering hebben geluisterd en af en toe iets hebben gezegd in de hoop dat Abel hem slim zou vinden. Maar nu ergert hij zich.

Plato, hij kan de naam niet meer horen.

In het onooglijke plaatsje Kandila kunnen ze alleen nog een tweepersoonskamer krijgen. Tot dan toe hebben ze steeds twee eenpersoonskamers genomen. Het is een grote kamer met een hoog plafond, koele plavuizen en twee stalen bedden ver uit elkaar. Abel kleedt zich uit om onder de douche te gaan. Wiland realiseert zich op dat moment dat hij Abel nooit naakt heeft gezien. Het strakke, bleke lichaam van iemand die aan judo doet en het nooit aan de zon prijsgeeft. Hij laat zijn ogen vluchtig over het hele lichaam gaan, ook over het geslacht. En hij realiseert zich dat hij vroeger zijn best heeft gedaan niet aan dat lichaam te denken, ook als het bijna naakt naast hem lag aan een van de Loosdrechtse Plassen. Nu doet het hem niets. Het laat hem koud.

De volgende ochtend ontdekt Abel dat hij zijn mutsje kwijt is. Hij besluit zijn zakdoek als hoofddeksel te gebruiken. In de vier punten legt hij een knoop.

'Zet je dat op je hoofd?' Het komt er veel harder uit dan Wiland wilde.

Abel schrikt op als iemand bij wie een steen door de ruit gegooid wordt. Hij kijkt hem met grote ogen aan.

Ja, hij moet toch iets op zijn hoofd hebben.

Wiland valt ineens uit. Dat het Abel niets kan schelen hoe hij, Wiland, het belachelijke mutsje ervaart. En als Abel van plan is de zakdoek werkelijk op zijn hoofd te zetten, dan haakt Wiland af. 'Ik weiger met iemand op stap te gaan die als de eerste de beste boer een zakdoek als pet op zijn kop zet, wat er ook in die kop mag zitten.'

Daarna blijft het stil.

Ze zitten tegenover elkaar aan het ontbijt, als een echtpaar dat tijdens een hevige ruzie alles eruit heeft gegooid wat jarenlang is opgespaard. Nu weten zij niet hoe ze in het vertrouwde spoor terug moeten komen. Waren zij geliefden geweest dan zou de een huilend of woedend naar de kamer zijn gevlucht en de ander zou na een tijdje dat spoor volgen en de verzoening zou plaatsvinden in bed.

Die oplossing staat hun niet ter beschikking.

Maar ze moeten door. En dat kan alleen door te doen alsof de uitval niet echt gebeurd is. Het is gebeurd en het is niet gebeurd, zoals een traumatische ervaring onmiddellijk verdrongen kan worden. Bovendien is het een anomalie in hun vriendschap. Ze kunnen de plotselinge uitval plaats noch betekenis geven. Wiland doet overdreven aardig en luchtig als ze met de rugzakken weer op pad gaan. En ook Abel doet alsof er niets gebeurd is. Hij wandelt een dag lang zonder petje, maar ook zonder zakdoek op zijn hoofd, waardoor beiden wel aan het voorval herinnerd moeten worden. Abel lijdt in de zon. En Wiland heeft spijt, een spijt die aan hem knaagt. Hij begrijpt zijn overdreven uitval steeds minder. Hij zou iets willen zeggen maar hij weet niet wat. Er is even een deur opengegaan van een kast die dicht had moeten blijven. Voor het eerst in hun leven vallen er tijdens een wandeling grote stiltes waarin het knerpende geluid van de zware schoenen op het grindpad zich aan beiden opdringt.

In Levidi, waar ze die middag eindigen, besluiten ze de wandeltocht een dag eerder af te breken en de volgende ochtend de bus naar Kalamata te nemen.

6

Op het terras aan de Vuntus waren twee vrouwen verschenen die, voordat ze aan een van de tafeltjes gingen zitten, een tijd over het water uitkeken zonder een woord tegen elkaar te zeggen. Het zou een schilderij van David Hockney kunnen zijn: twee vrouwen aan de rand van een intens blauw meer; witte bootjes aan de steiger maar geen bootje op het water; aan een lange paal hangt slap een rood-wit-blauwe vlag; in de wazige verte het groen van eilandjes. Alles was zo ijl, alsof de wereld uit damp was ontstaan en tot damp terug zou keren.

Ik wisselde de witte wijn af met glazen water. Deze wereld is niet de echte. Was dat niet een regel van Hans Lodeizen? Een platonische regel. De tijd is een bewogen beeld van de eeuwigheid. Nog zo'n mooie regel, niet van Hans Lodeizen, maar van Plato.

Toen de beide vrouwen zich omdraaiden en mij aan mijn tafeltje zagen zitten, alleen, de armen over elkaar, de blik gericht op de plas waar zij zojuist alle tijd voor hadden genomen, glimlachten ze naar mij. Ook ik glimlachte. Alle drie waren we onder de indruk van deze onverwachte openluchtvoorstelling in september en dat lieten we door middel van een glimlach, die ons even met elkaar verbond, blijken. Knappe vrouwen, midden veertig, de een met een grote bos rode krullen, de ander met lang zwart haar. De roodharige nam een pakje sigaretten uit haar tas en legde het met een aansteker op het tafeltje. Potentiële lezeressen, geïnteresseerd in afwijkende onderwerpen volgens Duco Deen, maar mijn boeken lazen ze niet.

Ze rookten en praatten zacht, fluisterend bijna; waarschijnlijk gunden ze mij mijn stilte.

Wat het meest aan hen opviel was hun lach. Een ingehouden maar tevens indringende lach die zich als een rimpeling over het stille terras verspreidde. De rode krullenbos had een hoge en de donkerharige een lage lach. Uit de manier waarop zij zich soms proestend naar elkaar vooroverbogen, kon je niets anders dan concluderen dat zij het over een ander of anderen hadden. Misschien hun mannen. Zulke vrouwen leken ze mij wel. Spirituele spot met wat je vertrouwd is.

Zouden deze twee vrouwen niet geïnteresseerd kunnen raken in het verhaal van *Oud-Loosdrecht*? Stel dat ik bij hen aan tafel zou gaan zitten en een gesprek zou beginnen over literatuur. Na een korte inleiding vertel ik hun over het verhaal van de twee vrienden die samen op vakantie gaan naar Griekenland. Na een paar dagen Athene beginnen ze aan een wandeling en de vierde dag ontploft er iets naar aanleiding van een zoekgeraakt mutsje. Er ontploft iets maar ze weten niet wat er precies ontploft. De aanleiding kennen ze, maar niet de oorzaak. Ze weten niets beters te doen dan het voorval weg te stoppen, te negeren. Ze hebben er geen taal voor. Ze breken de wandeling af en nemen de bus naar de plaats vanwaar hun vliegtuig vertrekt.

Dat je als lezer in dit eerste deel zo goed als niets te weten komt over de voorgeschiedenis van die twee in Griekenland wandelende mannen, zou spanning kunnen oproepen en hen nieuwsgierig moeten maken: wat zijn dit voor vrienden, wat is hier aan de hand? De explosie naar aanleiding van een mutsje moet voor de lezer als een verrassing komen en raadselachtig blijven. Wie zet nu een vriendschap op het spel voor een zakdoek?

Zouden ze zo'n verhaal niet willen lezen?

Ze hebben mij enkele keren in hun richting zien kijken en ze zijn ijdel genoeg om dat op prijs te stellen, ook al doen ze alsof dat hun ontgaat. Ze lachen om wat ze elkaar vertellen, maar de rimpeling treft ook mij. Het kost mij weinig moeite het gesprek te bedenken dat ik met hen zou voeren.

Of ze dat verhaal zouden willen lezen?

Hun mannen trekken er af en toe een weekend op uit om te golfen. Zij vragen zich wel eens af hoe die twee dan met elkaar omgaan. Waar hebben ze het over? Zij krijgen alleen maar verhalen te horen over de kwaliteit van de golfbaan en de hoeveelheid drank die ze in gezelschap van andere golfers hebben weten weg te zetten. Ja, zo'n boek over twee vrienden die onderweg op elkaar botsen, naar aanleiding van wat dan ook, zouden ze niet meteen wegleggen. Maar nu ze toch met de schrijver kunnen praten, willen ze ook wel iets meer over dat verhaal weten.

Wat is de titel, vraagt de vrouw met de rode haren.

Oud-Loosdrecht?

Ja, een boek met zo'n titel roept op deze plek natuurlijk hun interesse op. Maar wat heeft die titel in vredesnaam met een wandeling in Griekenland te maken?

Goede vraag, zeg ik. Om dat te weten te komen zullen ze verder moeten lezen. Is het niet de plicht van een schrijver om spanning op te roepen en de lezer nieuwsgierig te maken naar het volgende hoofdstuk?

Ze knikken en weer lachen ze naar elkaar.

Ja, die eis kun je stellen. Is het soms een misdaadroman?

Een misdaadroman? Het ligt op mijn tong om te zeggen: iedere goede roman is een misdaadroman, maar ik houd mij in.

Het belangrijkste is, zeg ik, dat jullie meer over die twee mannen te weten willen komen. Dat je het boek niet weglegt, dat je nieuwsgierig bent geworden en verder wilt lezen.

Ik las pas een artikel over bestsellers, zegt de rode krullenbos, en daaruit bleek dat de meeste boeken uit de toptien thuis niet eens meer worden ingekeken. Hooguit nog wat doorgebladerd, het eerste hoofdstuk voor de helft gelezen. Ik weet niet meer hoe laag het percentage was van degenen die zo'n boek uitlazen.

De donkere valt haar vriendin in de rede: Komen we nog te weten waar die titel *Oud-Loosdrecht* op slaat?

Als je verder leest, zeg ik.

7

Naarmate de busrit naar Tripoli duurde en hij verder las in de dichtbundel op zijn schoot begon het Wiland te dagen, aanvankelijk vaag, wat er permanent schuurde tussen hem en Abel. Doordat de bus schokte en rammelde, telkens wanneer kuilen en gaten met weinig succes omzeild werden, moest hij het lezen onderbreken. Een roman zou hij allang hebben weggelegd. Een poëziebundel niet. Gedichten vroegen om onderbreking. Terwijl hij van het boek opkeek naar de passagiers, of zijn blik naar buiten liet gaan waar zwartgeblakerde bomen na een bosbrand waren overgebleven, dacht hij na over wat hij net gelezen had. Schuin voor hem zat Abel die niet las maar in gesprek was met zijn buurman, een oudere man, het grijze haar in een paardenstaart, een gitaar op zijn schoot. Je wist nooit of Abels belangstelling echt was of zo gespeeld dat hij er zelf in geloofde. Wiland ving af en toe een Engels woord op.

Alle plaatsen waren bezet. Ze hadden nog net een plaatsje kunnen bemachtigen. Wiland zat naast een jonge vrouw die met haar hoofd tegen het raam lag en sliep. Het kwam hem wel goed uit dat ze niet naast elkaar zaten. Hij had bezinning nodig en de gedichten hielpen hem daarbij. Of eigenlijk waren de gedichten de aanleiding tot de bezinning. De schokkende rit dwong hem de strofes met tussenpozen tot zich te laten doordringen. Door opengedraaide raampjes waaide een warme, stoffige wind. Zelfs het lawaai van de motor, steeds als de bus voor iets moest afremmen en in een andere versnelling overging om weer op te trekken, leek bij te dragen tot een beter begrip van de gedichten. Hij zou zo uren door kunnen rijden, de bundel op schoot, omringd door mensen van allerlei slag, omgeven door lawaai, wind en zonlicht. Voor sommige raampjes, aan de kant waar de zon naar binnen scheen, had men doeken gehangen.

Vanaf zijn plaats, achterin, kon hij de bus goed overzien. De bagagerekken puilden uit met manden, koffers, in doeken geknoopte waren. Zelfs in het gangpad stonden koffers en met touwen bij elkaar gehouden dozen. Er hing een geur van zweet, kruiden en zelfs gebraden vlees. Sommige mensen aten iets uit plastic bakjes. Steeds als hij van de bladzijde opkeek, ging zijn blik eerst naar het achterhoofd en de nek van de jongen in het witte overhemd met korte mouwen die twee plaatsen voor Abel zat. De jongen was hem opgevallen nadat hij het oude echtpaar aan de overkant van het gangpad had helpen zoeken naar iets wat ze hadden laten vallen. Het was een knappe jongen met kortgeknipt, dik donker haar. Hij kon zo'n twintig zijn.

Het boek op de schoot van Wiland was *Verzamelde gedichten* van K.P. Kaváfis, in de vertaling van G.H. Blanken, uitgekomen in 1977 bij Athenaeum–Polak & Van Gennep. Hij had de bundel met 154 gedichten verschillende keren aan iemand cadeau gedaan. Dankzij de inleiding wist hij dat Kaváfis tijdens zijn leven nooit een dichtbundel het licht had laten zien, wat waarschijnlijk samenhing met zijn, zeker voor die tijd, gewaagde thematiek. Wel publiceerde hij in tijdschriften en maakte soms compilaties van enkele gedichten die hij naar geïnteresseerden opstuurde. De gedichten waren voor Wiland, de eerste keer dat hij ze las, een openbaring geweest. Dat iemand aan het begin van de eeuw zo openhartig over seksualiteit durfde te schrijven en dan nog wel over die tussen jongens, riep bewondering op maar had hem ook jaloers gemaakt. Wat hem de eerste keer in de gedichten had getroffen was de melancholieke toon waarmee vroegere liefdes werden opgeroepen.

Maar nu hij de gedichten weer las, langzaam, met onderbrekingen, gefragmenteerd dankzij het hortende ritme van de bus, zag hij wat hij toen over het hoofd had gezien. Het waren geen liefdesgedichten in de eigenlijke betekenis van het woord. Ze waren noch nostalgisch noch romantisch. De erotische gedichten van Kaváfis waren allemaal geschreven in retrospectief, maar het was geen machteloos terugverlangen. Hij riep de erotische roes van vroeger op en beleefde die opnieuw, *in het gedicht*. En er drong nog iets tot Wiland door wat hij eerst niet had gezien en misschien ook niet had willen zien. Dat het geen verheven liefdesgedichten waren waarin de geliefde werd voorgesteld als een aanbiddelijke halfgod. Het ging de dichter om de puur lichamelijke beleving, de poëtische potentie van het vulgaire. In het gedicht 'Om bewaard te blijven' beschreef Kaváfis wat zich afspeelde in de lege taveerne, achter het houten tussenschot, zesentwintig jaar geleden:

Onze kleren waren half geopend – het waren er niet veel, want een goddelijke juli-maand was blakend heet.

En juist dat beeld, het vleselijk genieten onder de half openstaande kleren, komt na zo lange tijd terug, 'om in dit gedicht bewaard te blijven'.

Wiland keek weer op van het boek en leunde achterover. Ze reden nu op een stuk snelweg in aanbouw, maar dat zag hij amper. Hij zag de taveerne waar binnen een petroleumlamp nog nauwelijks licht gaf, hij zag het achterschot en de twee jongens, 'zo in opwinding geraakt', dat zij nergens meer op letten en zich overgaven aan elkaar.

De jaren van mijn jeugd, en mijn wellustig leven – hoe helder zie ik nu de zin daarvan.

Wiland had die wellustige roes in zijn Gooise jeugd niet gekend. En hij realiseerde zich dat hij er ook niet voor open zou hebben gestaan. Abel en hij, zij hadden in hun verkrampte hoogmoed neergekeken op alles wat voor vulgair doorging.

En daar, op het vulgaire, miserabele bed
bezat ik het lichaam van de liefde zelf, de lippen,
wellustige en rozerode lippen van de dronkenschap-
rozerode lippen van zo'n dronkenschap, dat ik ook nu,
nu ik dit schrijf, na zoveel jaren!,
in mijn eenzaam huis, opnieuw in dronkenschap geraak.

Dronkenschap, roes, wellustige lippen, vulgaire bedden, zij hadden zich er verre van gehouden. Tijdens wandelingen door het bos naar Lage Vuursche gingen zij op in gesprekken over Plato en de ziel. In plaats van zich eraan over te geven, hadden ze gesproken over Eros. Ze hadden zich ver verheven gevoeld boven de wandelaars en fietsers die zij tegenkwamen. Wie van de zeilers op Loosdrecht kon zeggen hoe Plato's opvattingen over erotische verhoudingen tussen mannen zich in zijn dialogen hadden ontwikkeld? *Phaedrus, Symposium, Wetten*, zij verdiepten zich daarin.

Wiland voelde zich verward. De gedichten van Kaváfis waren een harde confrontatie. Niet alleen met dat waar hij zich in zijn jeugd voor had afgesloten, zelfs op neer had gekeken, maar hij zag ook waarin zijn eigen gedichten tekortschoten. Komend najaar zou bij een kleine, in poëzie gespecialiseerde uitgeverij, een bundel gedichten van hem uitkomen die uit drie cycli was opgebouwd: een cyclus over de tekeningen van Rembrandt, een cyclus over de schilderijen van Nederlandse impressionisten en er was een cyclus met liefdesgedichten. *Kijkdagen* was de titel van de bundel. Op de afdeling voorlichting van de gemeente Amsterdam was een student politicologie stage komen lopen die aan alle voorwaarden voldeed om poëtisch verheerlijkt te worden. Een mooie, wat nonchalante jongen met lang blond haar, een grote mond met volle lippen en een lichaam dat model zou hebben kunnen staan voor het beeld van een Griekse god. In Wilands gedichten weerspiegelde die jongen een schoonheid van hogere orde. En voor de beschrijving van zijn verliefdheid was hij naar *Phaedrus* van Plato teruggekeerd.

Na het lezen van het gedicht 'Hun oorsprong' van Kaváfis, werd Wiland overvallen door een ongemakkelijk gevoel, alsof er iets jeukte. In dat gedicht, dat begint met de regels 'De vervulling van hun wetteloos genot / heeft plaats gehad', zegt Kaváfis waar zijn gedichten hun oorsprong vinden. Afzonderlijk en heimelijk sluipen twee jongens een huis uit waar zij met elkaar het bed hebben gedeeld en het gedicht eindigt met de strofe:

Maar wat een aanwinst voor het leven van de kunstenaar.
Morgen, overmorgen, of na jaren worden de regels
    neergeschreven,
regels vol van kracht, die hier hun oorsprong vonden.

Waar vonden zijn eigen regels hun oorsprong? Niet in het bed, maar in dialogen van Plato waaruit duidelijk werd dat het bed, na een interne strijd, uiteindelijk overwonnen moest worden. Het drong tot hem door dat hij nooit zo zou kunnen schrijven als Kaváfis, regels vol kracht. Zoals iemand die in zijn jeugd niet begonnen is met vioolspel het nooit tot grote hoogte zal brengen, hoe hard hij op latere leeftijd ook oefent.

In Tripoli moesten ze overstappen op de bus naar Kalamata die over een half uur zou vertrekken. De passagiers met hun manden, tassen en koffers schoven achter elkaar langzaam in de richting van de uitgang. Het busstation was een groot kaal veld waar de gebruikelijke chaos heerste, zodat het even duurde voordat ze erachter waren waar hun bus vertrok. Toen ze die plek gevonden hadden, liepen ze met hun rugzakken naar de twee platanen aan de rand van het veld. Abel wachtte in de schaduw terwijl Wiland bij een kiosk twee flessen water ging halen.

Hij kwam gelijktijdig met de jongen in het witte overhemd bij de kiosk aan. Toen Wiland zich bij de rij wilde aansluiten, hield de jongen zich in om hem voor te laten gaan. Wiland bedankte hem in het Engels, knikte en bleef hem aankijken. Hoe lang kon je iemand in de ogen kijken voordat het gênant werd? Op het gezicht van de jongen verscheen een brede glimlach. Ook zijn ogen lachten. Even was Wiland uit het veld geslagen maar vrijwel onmiddellijk wist hij wat diens royale en ironische glimlach betekende: daar heb je weer zo'n blonde, bleke man die zijn ogen niet van mij af kan houden. De jongen was beslist geen herdersknaap die voor het eerst van zijn leven op reis was en nu in de handen viel van een buitenlandse meneer. Wiland zon op een openingszin maar de jongen was hem voor.

'You're English?'

'No, Dutch. Amsterdam.'

'Oh, Amsterdam.'

Wilands glimlach was een reactie op de lach van de jongen. Een glimlach die bevestigde dat hij inderdaad oog had voor diens schoonheid.

Hij vroeg waar de jongen op weg naartoe was.

Terwijl de jongen vertelde dat hij de bus naar Sparta moest hebben, waar zijn ouders woonden, realiseerde Wiland zich dat hij iets beet had wat hem op hetzelfde moment ontglipte. Hij wilde die donkere ogen niet loslaten. Om de jongen zo lang mogelijk aan zijn blik te binden, stelde hij vraag na vraag.

Hij studeerde economie in Athene, was eerstejaars, werkte in het weekend en tijdens vakanties in het restaurant van zijn ouders en hij heette Kostas.

Net voordat hij aan de beurt was kon Wiland nog vertellen dat hij met een vriend had gewandeld op de Peloponnesus. Even overwoog hij de jongen op de valreep zijn telefoonnummer te geven en er nonchalant aan toe te voegen: mocht je ooit in Amsterdam komen, dan et cetera, et cetera. Maar nee, hij moest die heldere, aanstormende econoom niet betrekken bij zijn overspannen, romantische verbeelding.

'Ben je moe?' vroeg Abel.

Ze zaten naast elkaar in de bus naar Kalamata. Het was net zo'n gammele, rammelende bus als de vorige, alleen was hij minder vol. Er lag minder bagage in het middenpad, er waren minder etensgeuren.

'Een beetje,' zei Wiland. Op zijn schoot lag, dichtgeslagen, de bundel van Kaváfis. Hij wist niet of hij over Kostas zou vertellen die nu in de bus op weg was naar Sparta. Het gevoel dat zo'n toevallige ontmoeting met een jongen als Kostas bij hem opriep lag mijlen verwijderd van Abels belevingswereld. Abels commentaar bij het zien van mooie vrouwen op de pleinen van Athene was dat hij er wel in zou willen bijten. En daar bleef het bij. Wiland herinnerde zich een discussie naar aanleiding van een stelling in de *Tractatus* van Wittgenstein: 'De wereld van de gelukkige is een andere dan de wereld van de ongelukkige.' Wat kon je nu met zo'n uitspraak, had Abel gezegd. Je kon voor 'de gelukkige' en 'de ongelukkige' alles invullen: de wereld van een pacifist is anders dan de wereld van een oorlogszuchtige. Elke tegenstelling ging op, zei hij. Abel had gelijk, dacht Wiland: de wereld van Abel is een andere dan de wereld van Wiland. Hij zat naast Abel en was op weg naar Kalamata maar in gedachten nam hij de bus naar Sparta. Hij zou zijn dagboek uit de rugzak kunnen halen en beginnen aan een gedicht waarin hij op papier die jongen achternareist.

Abel was in slaap gevallen; zijn hoofd lag tegen Wilands rechterschouder waardoor hij zich nauwelijks durfde te bewegen. Wiland leunde voorzichtig achterover en sloot zijn ogen. Hij moest denken aan de bedden van Kaváfis waaruit poëzie was opgebloeid. Kaváfis was geen calvinist, dat was duidelijk.

Hij was een Griek, maar beslist geen platonist. Aan de dialogen van Plato had hij voor zijn poëzie geen enkele boodschap gehad. Binnen de calvinistisch-humanistische wereld waarin hij, Wiland, was opgegroeid, betekenden de dialogen van Plato een geweldige bevrijding. Alsof in een duf en dompig vertrek de ramen wijd open werden gezet. Een wereld van briljante en mooie Atheense jonge mannen die met elkaar of met Socrates over de god Eros discussieerden. De wereld die Plato bij monde van Socrates had opgeroepen was een prachtige poëtische wereld waar Wiland onderdak had gevonden. Niet alleen voor zijn poëzie, ook voor zijn vriendschap met Abel.

Soms dommelde hij weg en viel dan bijna in slaap maar door het schokken en schudden schrok hij steeds weer op en dan droomde hij vaag verder. Stel dat tijdreizen mogelijk werd. Dat je terug kon keren naar Athene, vierde eeuw voor Christus. Zou hij zijn opgevallen tussen de jongens die op een avond in gezelschap van Socrates bij elkaar komen om te drinken en dronken te worden? Hoe zou hij daar gezeten hebben? Als een vreemde eend in de bijt?

Of iemand ooit terug zou kunnen reizen in de tijd, was nog maar de vraag. Het *Symposium* van Plato was het gelukt naar de toekomst te reizen. Het was nu, na meer dan tweeduizend jaar, nog even fris en sprankelend als toen het werd geschreven. Jonge mannen houden schitterende lofredes op de god Eros. Maar het mooiste verhaal komt van Socrates. Je kunt geen filosoof worden als je niet eerst verliefd bent geweest op de schoonheid van een jongen in de worstelschool.

De bus kwam met een schok tot stilstand. Een tas viel van het bagagerek op de grond. Mensen werden heen en weer geschud. Abel schrok wakker, ging recht overeind zitten, keek eerst met grote ogen naar Wiland en toen naar buiten. Twee auto's waren op elkaar gebotst. Een dikke man in een wit hemdje regelde het verkeer.

Het duurde even voordat de bus weer optrok.

Abel keek naar het boek dat Wiland met beide handen vasthield.

'Jij hebt niet geslapen?'

'Kaváfis,' zei Wiland en hield de bundel omhoog.

Abel nam de bundel van hem over, bladerde, las een gedicht,
sloeg een bladzij om, las en bladerde. Wiland volgde Abels bewegingen vanuit zijn ooghoeken. Abel hield het hoofd schuin,
het puntje van de tong iets uit de mond, alsof hij niet alleen
las maar ook naar de gedichten luisterde. Wiland volgde het
omslaan van de bladzijden. Ineens voelde hij ergernis opkomen. Waarvoor was hij bang? Waarvoor was hij in hemels-
naam bang? Nu nog, op zijn veertigste? Hij had de bundel uit
Abels handen willen rukken. Abel had in die gedichten niets te
zoeken. Het was zijn wereld niet. De gedichten die in de Hel-
lenistische wereld speelden vond Abel waarschijnlijk prachtig.
Maar wat moest hij met de sensuele gedichten? Dat was zíjn,
Wilands, wereld en niet die van Abel.

'God, dit is wel schitterend, zeg. Moet je luisteren,' zei Abel.
En hij begon aan het gedicht met de titel 'De paarden van
Achilles'.

Toen zij zagen dat Patroklos gedood was,
die zo dapper was, zo krachtig en zo jong,
begonnen zij te huilen, de paarden van Achilles.

'Dat is toch prachtig, dat die onsterflijke paarden zich het lot
van de mensen aantrekken.'

– Maar toch bleven zij
hun tranen storten om het eeuwig duren
van de ramp des doods, de beide edele dieren.

'Echt heel mooi.' Abel bladerde verder, tot hij aankwam bij
een van Kaváfis' bekendste gedichten, 'Ithaka', dat, samenge-

vat, zegt dat de reis belangrijker is dan de aankomst. Abel knikte. Hij was het eens met de conclusie:

Houd altijd Ithaka in je gedachten.
Daar aan te komen dat is je bestemming.
Maar overhaast de reis volstrekt niet.
Beter dat die vele jaren duren zal,
en dat je, oud al, landen zult op het eiland,
rijk met alles wat je onderweg hebt gewonnen,
niet verwachtend dat Ithaka je rijkdom geven zal.

Ithaka gaf je de mooie reis.
Zonder dat eiland was je niet op weg gegaan.
Verder heeft het je niets te geven.

Wiland keek naar Abels gezicht terwijl die af en toe een gedicht of enkele regels las en verder bladerde. Abel vocht tegen de slaap. Geeuwde met de mond wijd open, knipperde met de ogen en bladerde traag verder. Even was het alsof hij dat gezicht voor het eerst zag, het gezicht van iemand die hij totaal niet kende. Op een bepaald moment vielen Abels ogen dicht en ze bleven dicht. Op zijn schoot de bundel van Kaváfis, opengeslagen bij het gedicht 'Twee jonge mannen van 23 à 24 jaar'.

Voorzichtig, zonder hem wakker te maken, tilde Wiland de bundel van Abels schoot en las de laatste strofen:

En een en al vreugde en levenskracht, vol warmte en
    schoonheid
gingen zij – niet naar de woning van hun eerbare familie
(waar men trouwens ook niet meer van hen gediend was):
maar naar een hun bekend en zeer speciaal
huis van ontucht gingen ze en vroegen
een kamer daar en dure drank, en zij begonnen te drinken.

En toen de dure drank was opgeraakt,
en het al tegen vieren liep,
gaven zij zich, van geluk vervuld, aan de liefde over.

Hij sloeg de bundel dicht en omklemde hem met beide handen, alsof hij bang was dat hij uit zijn handen gerukt kon worden.

8

Tijdens wandelingen of langere fietstochten voerde ik vaak gesprekken met personen uit mijn omgeving. Ook raakte ik soms in een denkbeeldig gesprek met iemand van wie ik net een boek of essay had gelezen. En nu onderhield ik mij met de twee vrouwen op het terras, die geen idee hadden dat zij actief bij mijn zojuist afgewezen roman betrokken werden.

Eerst maar even een sigaret, zegt de rode en houdt mij haar pakje voor. Ik bedank en zeg dat ik met succes het roken heb opgegeven. Drinken niet.

Laten we dan nog maar iets bestellen, zegt de donkere. Jij ook witte wijn?

Ik moet nog rijden, dat wel, maar vooruit, nog eentje dan.

Ja, die busrit, wat zullen ze erover zeggen? Voorlopig moet ik het maar doen met: interessant.

De wijn wordt gebracht en alle drie kijken we uit over het water. De verleiding om nu ook een sigaret op te steken is heel groot, maar ik houd me in.

Weet je wat het is, zegt de rode. Als je zo'n verhaal ingaat, dan kom je een andere wereld binnen, een wereld waar je zelf niet woont. Je zou er ook niet kunnen of willen wonen, maar je loopt erin rond, zoals je op vakantie in een andere omgeving rondloopt. Je bent nieuwsgierig. Je accepteert alles zoals het zich aan je voordoet. Je geniet ervan of je steekt er wat van op. Je bent verbaasd en je vraagt je af hoe mensen zo kunnen leven, of je bent juist diep onder de indruk. Je herkent dingen, ook al zien ze er op het eerste gezicht anders uit. Of je denkt: wat doe ik hier in godsnaam en je vertrekt voortijdig.

Vertrekken jullie voortijdig?

De rode en de donkere moeten beiden lachen. Oh, de gevoelige schrijver die bang is voor ieder oordeel, ook van twee vrouwen die hij helemaal niet kent en van wie hij totaal niet kan inschatten wat hun oordeel waard is. Nee, nee, ze vertrekken niet voortijdig. Wel een interessante wereld, de wereld van die twee mannen. Niet helemaal hun wereld. Van Kaváfis hebben ze nooit gehoord en van Plato weten ze niet meer dan het begrip 'platonische liefde'. Wat ze wel begrijpen is dat de een verliefd is geweest op de ander en de ander niet op de een, een klassieke situatie. Dat herkennen ze natuurlijk wel, de gecompliceerdheid van de liefde. Wat hun opvalt is dat die twee culturele vrienden niet in staat zijn over dat vreemde voorval met het mutsje te praten. Dat hun mannen moeite hebben om over hun gevoelens te praten, begrijpen ze, maar deze mannen die alles weten van Plato, die gedichten lezen en zelfs schrijven, van hen verwacht je meer geestelijke souplesse. Wat ze kunnen waarderen is dat het een bijzonder liefdesverhaal is. Want dat is het eigenlijk. Nee, een misdaadverhaal is het absoluut niet.

Wat deze vrouwen tot uitgelezen gezelschap maakt is hun lach, een lachend duo. Mooie, lachende vrouwen van in de veertig, ja, die wil ik wel als lezers.

Ik waag het erop: Is niet ieder liefdesverhaal een misdaadverhaal. Ik kijk hen aan en verwacht uitgelachen te worden.

In zekere zin, in zekere zin, herhalen ze en ze knikken. Niet naar mij, maar naar elkaar knikken ze, alsof de een instemt met wat de ander heeft gezegd.

De beide vrouwen steken weer een sigaret op en houden mij het pakje voor. Ik neem het even in mijn hand, haal er een filtersigaret uit om hem van dichtbij te bekijken, eraan te ruiken. *La neige d'antan.*

Wat mij aanspreekt, zegt de donkere, nadat ze diep heeft geïnhaleerd, is dat de hoofdfiguur door die gedichten van Kaváfis geconfronteerd wordt met wat hij *niet* heeft gedaan, met iets waar hij zich voor heeft afgesloten. Hij heeft zich in zijn jeugd blijkbaar niet uitgeleefd, noch met mooie jongens op duistere plekken, noch met Abel. Maar het aardige vind ik dat uit niets blijkt dat hij daar spijt van heeft.

Zal ik eens iets heel wijs zeggen, zegt de rode. Ze knijpt haar ogen samen en ze lacht, met haar mond open, zonder geluid. Ze is mooi, ze heeft gave tanden, een combinatie van moeder en minnares. Ik zou wel willen weten wie de man is met wie zij 's nachts het bed deelt.

Weet je, zegt ze, wat we *niet* hebben gedaan, maar wel overwogen of gewild, zegt veel meer over ons dan wat we *wel* hebben gedaan.

De donkere kijkt vol bewondering naar haar vriendin en vervolgens naar mij, en ze knikt.

Nu ik toch met hen in een virtueel gesprek ben geraakt, vertel ik hun ook maar over Duco Deen en zijn oordeel. Dat hij de beide mannen 'gemankeerde lovers' heeft genoemd, omdat zij net minnaars lijken maar het niet zijn.

Die redacteur van jou is een man, zegt de roodharige, en die vindt een verhaal pas een liefdesverhaal als er geneukt wordt. Wij zijn ook verliefd op elkaar, maar we gaan niet met elkaar naar bed.

Jullie lach is orgastisch, zeg ik.

We halen er alleen geen Plato bij, zegt de donkere en ze kijkt mij met een spottende glimlach aan.

Wat ik jammer vind, zegt de rode, is dat je wel iets over Plato te weten komt, maar je krijgt geen context. Hoe moet ik mij dat voorstellen: dat je geen filosoof kunt worden als je niet eerst verliefd bent geweest? Dat klinkt heel mooi, maar hoe komt hij daarop?

Ik voel mij een vogelaar wie het gelukt is twee vogels te strikken.

Dat komt goed uit, zeg ik, dan moet je het vervolg lezen.

Dan krijg je de filosofische voorgeschiedenis van die twee wandelende mannen tijdens een idyllische zomer op de Loosdrechtse Plassen. Overdag zeilen, zwemmen en zonnen deze achttienjarigen en 's nachts wandelen ze over de hei naar het Kleine Wasmeer. Ze gaan zitten op een omgevallen boomstam, kijken naar de sterrenhemel en praten over de ideeënleer van Plato. Een pittig hoofdstuk, al met al.

Is dit een waarschuwing of een aansporing? vraagt de rode.

Beide, zeg ik.

9

Een zomer begin jaren zestig.

De twee Hilversumse vrienden wandelen, zwemmen, roeien en zeilen. Hun lichamen worden met de dag bruiner, hun haar wordt zo blond als dat van twee nazi-idealen. Ze onderscheiden zich van andere zeilers en roeiers doordat ze altijd boeken bij zich hebben en elkaar voorlezen. Hun grote ontdekking is het brievenboek *Op weg naar het einde* van Gerard Kornelis van het Reve. Terwijl de een roeit leest de ander voor, met het effect dat de roeier bijna van zijn bankje rolt van het lachen. Bepaalde passages worden drie, vier keer gelezen tot ze de tekst uit het hoofd kennen. 's Avonds wandelen ze over de hei naar de Hoorneboeg of naar het Kleine Wasmeer. Plato en de sterrenhemel zijn onderwerpen voor de nacht. Dat zij op hun lange nachtelijke wandelingen nooit iemand tegenkomen geeft hun een superieur gevoel en een besef oneindig ver verwijderd te zijn van de Hilversumse lanen, 'waar de getemden wonen die hun tuinen verzorgen'. Ze wandelen en praten, ze zijn het altijd met elkaar eens en lachen om hetzelfde. Soms, als het erg donker is, wandelen ze hand in hand. Bij het Kleine Wasmeer gaan ze zitten op een omgevallen boomstam en wijzen elkaar op de glinstering van het maanlicht op het water, op het silhouet van takken, op de kleine witte bolletjes aan de rand van het water die in het maanlicht duidelijk te onderscheiden zijn. En als er geen maan is, leunen ze dicht tegen elkaar achterover om hun bijzondere plaats in het heelal te bespiegelen. In een verloren plekje in het heelal zweeft een planeet waar mensen vanaf de vroegste tijden hebben geprobeerd greep te krijgen op hun omgeving. Waar zitten ze eigenlijk? Wat zijn de grenzen van het heelal? Pas in deze eeuw heeft men ontdekt dat het heelal uitdijt. En als het uitdijt wil het zeggen dat het heelal ook ooit is begonnen. Een duizelingwekkende gedachte. Want wat was er dan voordat het universum bestond? We weten nog niets, zegt Abel. We weten niet veel meer dan de oude Grieken die op eilandjes of aan de Ionische kust dezelfde vragen stelden. Hoe zat het universum in elkaar? Wat was de oermaterie waaruit alles was ontstaan en waar alles weer naar terug zou keren? Water, zei de een, lucht, zei de ander en vuur, zei Heraclitus.

Voor Abel is Heraclitus een held. Er werd van hem gezegd dat hij de hoogmoedigste van alle mensen was en op alles neerkeek. Een man even eigenzinnig als Diogenes, met dit verschil dat Diogenes een bepaalde manier van leven had voorgestaan, terwijl Heraclitus zich had gebogen over de vraag wat het wezen van de werkelijkheid was. We wisten heel weinig van hem af. Er waren alleen fragmenten overgebleven, met veelal paradoxale uitspraken, zoals: de weg naar boven is de weg naar beneden. Wat Abel vooral aansprak was dat Heraclitus, net als andere leer- en nieuwsgierige Grieken uit de tijd vóór Socrates, had gezien dat je niet alleen op je zintuigen moest vertrouwen als je iets over de werkelijkheid wilde zeggen. Je moest als het ware door de verschijnselen heen kijken om zicht te krijgen op wat erachter stak. En Heraclitus zag dat de werkelijkheid gekenmerkt werd door één groot cyclisch proces. Alles stroomt. *Panta rhei.* En omdat de werkelijkheid voortdurend verandert en in beweging is kun je er geen uitspraak over doen. Wat het ene moment opgaat, geldt het andere moment al niet meer. De werkelijkheid is één grote, vluchtige stroom. *Men stapt niet twee maal in dezelfde rivier.*

Wiland luistert naar Abel, vol bewondering. Bewondering is een vorm van liefde. Hij bewondert Abel maar hij begrijpt hem ook en hij begrijpt Heraclitus. Ze zitten aan het Kleine

Wasmeer, 'nu', maar als ze straks terugwandelen naar huis is dat 'nu' nergens meer, zoals het 'nu' van gisteren nergens meer is. Ze zitten hier en ze zitten hier niet: een heraclitische paradox.

Maar voor Abel heeft Heraclitus het laatste woord niet. Dat heeft Plato. Wiland zou zo de hele nacht kunnen blijven zitten, naar Abel luisteren, naar de sterren kijken en wegdromen. Ze zijn zojuist geland op deze planeet. Ze zijn de enigen voor zover ze weten. Altijd zullen ze samen zijn. Die nachten ontdekt Wiland het wezen van de romantische vriendschap. Ze zijn weliswaar niet één lichaam, misschien komt dat ooit nog ergens in de toekomst, maar ze zijn wel één ziel, in twee lichamen.

Plato nam Heraclitus' stelling over de werkelijkheid heel serieus. Hij had de Akademie opgericht om met begaafde Atheense jongemannen fundamentele vragen met betrekking tot de werkelijkheid aan de orde te stellen. Als Heraclitus gelijk had, als je over de werkelijkheid geen uitspraak kon doen, kon Plato die Akademie wel opdoeken. Heraclitus had gelijk, maar ook niet. Dat wil zeggen, onze werkelijkheid, onze vluchtige werkelijkheid waar alles constant overging van het ene in het andere, was de echte werkelijkheid niet. Er was een andere, hogere, onvergankelijke werkelijkheid waar onze werkelijkheid slechts een afschaduwing van was. Die hogere werkelijkheid was de wereld van de Ideeën of Vormen waar alles in zuivere, onvergankelijke staat verkeerde. Rechtvaardigheid, Goedheid en Schoonheid, zij bestonden in het rijk der Ideeën in hun zuivere absoluutheid. Maar in het ondermaanse was er slechts een flauwe afschaduwing van terug te vinden: de tijd is een beweeglijke afbeelding van de eeuwigheid.

Wiland luistert. Voor hem is wat hij hoort meer poëzie dan filosofie. De werkelijkheid als een bewogen foto. Hij ziet het voor zich. Je ziet iets maar de afbeelding is niet scherp.

Hoe weten we dat? Hoe weten we dat er een scherpe, heldere, onvergankelijke werkelijkheid is voorbij onze bewogen, vage, vergankelijke werkelijkheid?

Abel kan alles in twijfel trekken, maar van Plato neemt hij elk woord serieus. Plato is een meesterverteller, zegt hij, een man die schitterende mythen bedacht om zijn filosofie te verduidelijken. En Abel, de cynicus, vertelt met zoveel vuur over de onsterfelijkheid van de ziel, dat het lijkt alsof hij ook daarin Plato volgt.

Onze zielen zijn nu gekluisterd aan ons vergankelijk lichaam, maar ooit, vóór onze geboorte, vertoefden zij in dat hogere rijk waar zij kennis hadden van alles in hun zuivere vorm. De geboorte op aarde is een soort zondeval van de ziel. Gekluisterd aan een sterfelijk lichaam is de ziel die oorspronkelijke kennis kwijtgeraakt. Voor de meeste mensen is de bewogen afbeelding de echte werkelijkheid, het enige wat er is. Zij weten niet dat er meer is. Zij klampen zich vast aan schaduwen. De jongens in de Akademie van Plato weten wel beter. Tot kennis, tot inzicht komen betekent voor Plato die oude kennis, ooit in dat hogere rijk opgedaan, weer oproepen. Maar hoe lukt je dat?

Met Abel praten over Plato is voor Wiland een ruimte- en tijdreis. Ze zweven in het heelal en keren terug naar Athene, in de vierde eeuw voor Christus.

De gesprekken van Socrates met begaafde en aantrekkelijke jonge mannen vonden plaats op straat, soms in de woning van een vriend, maar ook in de worstelschool. Slechts in één dialoog trekt Socrates naar buiten om op het heetst van de dag, in een arcadische omgeving, met een jongeman een gesprek te voeren over de god Eros. De jongeman is Phaedrus, naar wie de dialoog genoemd is. Socrates houdt een lofrede op deze god omdat Eros onze ogen opent voor dat rijk waar alles scherp, helder en onvergankelijk is, waar onze zielen ooit vertoefden en waarnaar zij, zodra dat rijk in de herinnering terugkomt, hartstochtelijk terugverlangen.

Eros? Hartstochtelijk verlangen om terug te keren naar dat heldere, onvergankelijke rijk? Wat zou meer vanzelfsprekend zijn dan nu zijn arm om Abel te slaan, hem naar zich toe te halen en te kussen? Wiland doet het niet. Niets aan Abels houding nodigt daartoe uit. Hoe dicht ze ook tegen elkaar aan zitten, Wiland voelt een onoverbrugbare afstand. Eén ziel in twee lichamen zijn ze, maar het zijn twee totaal verschillende lichamen.

Wanneer worden we ons weer bewust van dat andere, onvergankelijke rijk, wanneer *zien* we dat? Wanneer gaan onze ogen daarvoor open?

Let op, zegt Abel, en zijn stem verandert precies zo wanneer hij een scène uit een film van de dikke en de dunne navertelt. Wat hij gaat vertellen is komisch, een goede filosofische grap. Socrates vertelt aan Phaedrus wat je overkomt als je verliefd wordt op een jongen in de worstelschool. Je wordt overvallen door een goddelijke waanzin. En dat komt doordat de vergankelijke schoonheid van de geliefde herinneringen oproept aan dat onvergankelijke rijk van de Ideeën waar je ziel ooit verbleef. Van alle Vormen of Ideeën vinden onze zintuigen op aarde niets terug. Noch van Rechtvaardigheid, noch van Waarheid of Wijsheid krijgen wij in onze schaduwwereld een getrouwe kopie te zien. Alleen van Schoonheid is een goede, zichtbare replica op aarde terug te vinden. Let op, herhaalt Abel. Welke schoonheid roept in onze ziel de herinnering aan dat andere rijk op? Het is niet de schoonheid van de natuur, een bloem of een vlinder, die de goddelijke Schoonheid op aarde het helderst weergeeft. Ook de prachtigste muziek doet onze ziel niet terugverlangen naar dat eeuwige rijk. Nee, zegt Abel, en zijn lach heeft iets spottends: het is de schoonheid van een jongen uit de worstelschool. Zijn vergankelijke schoonheid is een schitterende kopie van de schoonheid met een hoofdletter S.

Dat hebben ze ons op school niet geleerd, zegt hij triomfantelijk. Hij moet er wel aan toevoegen dat volgens Plato de minnaar en de geliefde voor wie de ogen zijn opengegaan, samen op weg zullen gaan om zich steeds meer te wijden aan de studie van wat niet voorbijgaat. En daarom zullen ze, ondanks alle verleiding, zich niet overgeven aan elkaars lichaam. Je moet de verleiding van het lichaam overwinnen opdat de ziel zich kan bevrijden. Het lichaam is een kerker waaruit de ziel wil ontsnappen.

Het duizelt Wiland en hij raakt in verwarring. Uit niets blijkt dat Abel dit verhaal betrekt op hen beiden. Abel vindt het een prachtig verhaal omdat het onze esthetische waarden op hun kop zet. Maar zijn zij niet die beide jongens uit de dialoog die verliefd zijn op elkaar?

Zo brengen zij de zomer door met overdag zeilen, roeien, zwemmen en 's avonds laat, als het weer het toelaat, wandelen ze over de hei naar de Hoorneboeg – maar bij voorkeur slaan ze af naar het Kleine Wasmeer.

Aan het eind van een van de laatste dagen van de laatste zomer in het Gooi, voordat ze in Amsterdam gaan studeren, heeft Wiland een verrassing voor Abel. Ze hebben de hele dag gezeild, bij eilandjes aangelegd, gezwommen en tot slot zullen ze wat drinken en eten op het terras van jachthaven Ottenhome, waar ze de boot hebben gehuurd. De rugzak staat naast Wilands stoel. Daar zit een cadeau in. Ze voelen zich warm en duizelig van de hele dag in de zon en op het water. Abel is bruiner dan ooit, zijn haar is blonder dan ooit en Wiland voelt zich verliefder dan ooit. Het doet hem soms pijn naar Abel te kijken, naar de helblauwe ogen, naar het overhemd dat van boven openstaat, naar de bruine behaarde benen. Abel is alles voor hem en hij weet dat hij alles is voor Abel. Het is zo'n moment waarop je je heel erg bewust bent van de eenmaligheid ervan. Hier zitten we, nu, en we zijn jong, ook dat beseft hij even heel sterk. En dat gevoel maakt hem op een prettige manier melancholiek en door dat melancholieke waas ziet hij vaag de toekomst. Hun jeugd in het Gooi lieten ze achter zich en ergens in de verte schemert vaag de toekomst. Op dit moment, vanaf deze plek aan het water, lijkt Amsterdam, en wat hun daar te wachten staat, oneindig ver weg, een sprookjesstad waar ze zich al hebben laten inschrijven en waar ieder een kamer heeft gevonden. Hoe het ook zal gaan, ze zullen altijd bij elkaar blijven. Ze drinken bier, kijken uit over het water, naar de zeilers die terugkeren en tegen de wind in proberen aan te leggen. Aan het water is alles lichter, luchtiger dan normaal. Alles klinkt anders. De boten schommelen en kraken, de zeilen klapperen, er wordt veel gelachen en naar elkaar geroepen. Het is heerlijk om in die lichte euforie te delen zonder er deel van uit te maken. Dit moment is eeuwig. Wiland wil dat Abel gelukkig is met hem. Daar heeft hij alles voor over. Daarom heeft ook Wiland zich in Plato verdiept, opdat ze zoveel mogelijk in evenwicht zijn met elkaar.

Aan het eind van de avond, nadat ze hebben gegeten, pakt Wiland de rugzak en haalt er langzaam, bijna aarzelend, het ingepakte cadeau uit. Een flinterdun moment. Hij kan niet meer terug. Een liefdesverklaring in de vorm van een dichtbundel. Wiland volgt gespannen Abels bewegingen terwijl hij de bundel uitpakt en in zijn hand neemt. Met de vertrouwde scheve trek rond de mond, een lach in zijn ogen, kijkt hij op, en hij knikt, instemmend. *De paarden van Plato*, leest hij hardop. Scheve trek, lach en knik zeggen samen: je hebt goed opgelet. *De paarden van Plato*, toe maar! De bundel bestaat uit acht vellen geschept papier die, dubbelgevouwen en in elkaar geschoven, een boekje vormen van totaal tweeëndertig pagina's. Vierentwintig gedichten, steeds op iedere rechterpagina één. Met de kroontjespen geschreven. Op de linkerpagina een tekening die op de een of de andere manier met het gedicht verbonden kan worden.

Hij slaat het boekje open, leest het motto: 'Van alles wat de wijsheid ons kan schenken met betrekking tot het gelukkige leven, is vriendschap het hoogste goed.' Hij kijkt weer op, gaat naar de pagina met de inhoudsopgave, slaat de pagina om en als hij bij het eerste gedicht komt, zegt Wiland: 'Niet lezen waar ik bij ben.' Abel bedankt hem voor het cadeau, pakt het bundeltje weer in en bergt het op in zijn rugzak.

Met dit cadeau eindigt de zomer.

10

Op de Vuntus was een zeilboot verschenen, vanuit het niets zo leek het, alsof hij uit de hemel was neergelaten. Het opvallend witte zeil, een strakke driehoek, was in de weerspiegeling van het rimpelloze water even strak en wit. De boot was te ver weg om te kunnen zien of er naast de jongen of de man aan het roer nog iemand aan boord was. De zeilboot maakte gebruik van de even opstekende wind om traag overstag te gaan.

De paarden van Plato. Ik had Abe aanbeden maar nooit met een vinger aangeraakt. Voor de spanning die daar het onvermijdelijke gevolg van was, had ik een literaire oplossing gevonden: een dichtbundel. De schitterende lofzang op de god Eros die Socrates in de dialoog *Phaedrus* afsteekt, kwam mij te hulp. Die twee op elkaar verliefde jongens komen natuurlijk af en toe in de verleiding om tijdens die tocht omhoog zich te laten gaan, in elkaars armen te liggen, elkaar te strelen en te kussen. Socrates was daar niet blind voor. Dat had Abe niet verteld. Onze ziel is niet zo puur dat hij zomaar, zonder inspanning, bereikt wat hij zich voor ogen stelt. Nee, zegt Socrates, twee tegengestelde krachten zijn er werkzaam in onze ziel, een positieve kracht die hij vergelijkt met een nobel paard, en een heel andere, negatieve kracht, te vergelijken met een lelijk, kreupel paard. Dat negatieve paard wil helemaal niet die weg omhoog, het wil directe lustbevrediging. Het vriendenpaar, voor wie de ogen zijn opengegaan, moet dat wellustige paard eronder zien te krijgen. Met inspanning van al hun krachten. Maar Socrates toont ook begrip voor een vriendenpaar voor wie die kuisheid te veel wordt, dat zich af en toe laat gaan en zich overgeeft aan elkaars lippen en armen. Ze krijgen niet de hoofdprijs; die gaat naar het paar dat zich geen moment heeft laten gaan en dat het lelijke, wellustige paard in toom heeft weten te houden.

In de gedichten deed ik wat Abe tijdens de gesprekken over Plato en Socrates nooit had gedaan: ik betrok het betoog van Socrates over de goddelijke waanzin die verliefdheid heet op ons beiden. Wij vormden het vriendenpaar voor wie de ogen waren opengegaan. Wij zagen wat de anderen niet zagen, dat deze wereld niet de echte is.

De laatste versie van *Oud-Loosdrecht* eindigde met het aanbieden van de bundel, waaruit bleek dat de beide helden het wellustige paard in toom hadden weten te houden.

De hoofdprijs ging naar Abel en Wiland.

Duco Deen had gelijk, er kwam geen seksualiteit in dit jongensverhaal voor. Ja, praten, praten, praten. Sublimatie. Op die omgevallen boomstronk zaten twee meesters in sublimatie.

In de dagen van mijn Gooise jeugd had ik mij gedragen als een kloostermaagd die haar leven aan Jezus heeft gewijd, en haar erotisch verlangen niet alleen voor Jezus maar ook voor zichzelf verborgen probeert te houden. Dat ik verliefd op hem was, zei Abe niets, omdat hij zich niets kon voorstellen bij verliefdheid op een jongen. We hadden het nooit meer over *De paarden van Plato* gehad. Hij vond de lofzang van Socrates op Eros zo prachtig omdat hij tegen alles inging wat ons was voorgehouden of geleerd. Socrates als provocateur.

Voor mij was de lofzang een rechtvaardiging voor zowel mijn verliefdheid als mijn kuisheid. En mijn verliefdheid had zich omgezet in kritiekloze verering. Abe's excentriciteit en idiosyncrasie waren bij mij in goede handen. Ik vond alles bijzonder: dat hij lyrisch kon worden bij varkens in de modder, populaire muziek verafschuwde en de massa verachtte maar discussies aanging met zwervers en randfiguren. Ik droeg hem op handen. En hij? Voor hem was er niemand die hem zo begreep en aanvoelde, met wie hij zo naar de wereld kon kijken en erom lachen, die hem in al zijn schakeringen zag en bewonderde. Hoe zou hij ooit nog zo iemand vinden?

Gerard Reve werd na het verschijnen van *De avonden* wel verweten dat er geen seksualiteit in zijn roman voorkwam. Wie goed las, wie in staat was tussen de regels door te lezen, kon de dampen die van het broeierig moeras opstegen wel degelijk opsnuiven. Eros is versluierd aanwezig, merkte Hermans in zijn kritiek op, en Reve zelf zei in een interview: 'Misschien is het een gebrek dat in het boek geen seksualiteit in concreto voorkomt, al druipt het van elke pagina af.'

Natuurlijk zat er onder de rokken van die kloostermaagd een erotisch gedreven jongen verborgen, een jongen die verlangde naar het lichaam van de hartsvriend, maar hun gesprekken over Socrates en Eros hadden hun eigen erotiek met de mantel der filosofie bedekt. Uit onze zwakte had ik onze kracht gesmeed: onze vriendschap was te puur, te verheven voor zoiets alledaags als seks.

Toen de telefoon van een van de twee vrouwen op het terras ging, schrok ik op. Mijn telefoon kon het niet zijn. Die had ik in de auto achtergelaten. En toch schoot even de ijdele hoop door mij heen dat het wel voor mij was. Eric en ik hadden afgesproken alleen via e-mail contact met elkaar te onderhouden.

Hoe zou mijn leven verlopen zijn als Eric mij niet op een dag uit die zo goed als hermetisch gesloten wereld met Abe had weten los te wrikken? De eerste twee jaren van onze studie waren Abe en ik op onze oude voet doorgegaan. Omdat Abe geen lid wilde worden van een studentenvereniging werd ik dat ook niet. We gingen samen naar de film, verkenden te voet grote delen van de stad, lazen elkaar nog steeds voor, nu niet in een bootje, maar op onze studentenkamer. Als we een weekend naar Hilversum terugkeerden, wandelden we weer over de hei naar de Hoorneboeg of door de bossen naar Lage Vuursche. Maar de romantiek die onze vriendschap van binnenuit had doorstraald, nam af. Het werd steeds duidelijker dat Abe's hunkering naar meisjes uitging en de mijne naar jongens, ook al hadden we het daar zelden over. We ondernamen niets. We bleven bij elkaar als twee ongetrouwde boerenzonen die op de boerderij zijn gebleven en doorgaan met wat ze altijd deden.

Aan het eind van ons tweede jaar zeilden we een week op de Friese meren. Een gedenkwaardig onderdeel van die week werd het bezoek aan de door ons bewonderde schrijver die zich in het Friese gehucht Greonterp had teruggetrokken. Ik had Reve in een brief gevraagd of we bij hem langs mochten komen en verslag gedaan van een roeitocht waarop ik Abe had voorgelezen uit een van zijn brievenboeken. En ik had erbij vermeld dat Abe tijdens het roeien bijna uit de boot was gerold van het lachen. Per omgaande werden we uitgenodigd bij hem langs te komen. Hij doopte ons tot 'de literaire roeiers'.

Het bleek onze laatste gezamenlijk doorgebrachte vakantie te worden.

Zouden we zo tot in lengte van dagen zijn doorgegaan als niet, aan het begin van het derde jaar, de student rechten mij naar zijn verdieping in de Binnen Vissersstraat had meegenomen, de middag dat wij naast elkaar kwamen te zitten bij een lezing van professor Presser in de Oudemanhuispoort? Het was maandag, de enige dag waarop Abe en ik elkaar 's avonds niet zagen, omdat hij zijn pianoles voor geen goud ter wereld wilde missen. En dus hoefde ik Erics voorstel om bij hem te komen eten niet af te slaan. Ik was vrij. Voor het eerst sliep ik met een jongen. Slapen is het woord niet. In het smalle eenpersoonsopklapbed bleven we de hele nacht wakker. We luisterden naar Bob Dylan, Joan Baez, Tom Lehrer. Op zijn voorstel, om elkaar aan het eind van de volgende middag ergens in de stad te ontmoeten, kon ik niet ingaan. Ik had ja willen zeggen. Ik had niets liever gewild dan weer een nacht op die verdieping doorbrengen. Maar om klokslag zes uur zou Abe, zoals gewoonlijk, bij mij op de stoep staan. En hem teleurstellen, dat kon ik nog niet.

Hem teleurstellen moest ik leren, wilde ik Eric behouden.

En Abe?

De dag dat hij Eric leerde kennen gingen we gedrieën, na een borrel bij Hoppe, naar de mensa in de Damstraat. Abel fietste achter Eric en mij. Ik hoefde niet achterom te kijken om te weten hoe hij daar fietste en met welk gevoel. Toen we bij de Dam kwamen draaide Abe zich plotseling om en reed zonder iets te zeggen hard weg, als iemand die vlucht voor wat hij niet gezien wil hebben.

Het was drukker geworden op het terras aan de Vuntus, en levendiger. Mensen raakten met elkaar in gesprek. Deze voorjaarsachtige septemberdag had op de wandelaars en uitrustende fietsers het effect van een glas champagne. Net als op het ijs bij stralend winterweer was iedereen even familie van elkaar. Morgen zou alles weer gewoon zijn. Het gesprek met Duco Deen in het grand café leek jaren geleden. De donkere van de twee vrouwen was in gesprek geraakt met een jonge moeder; de jonge vader speelde met zijn iPad. De rode rookte en keek geamuseerd om zich heen. Ze was zo gaan zitten dat de rook niet in de richting van moeder en kind kon gaan, het ene been over het andere geslagen. Ontspannen. De zon scheen door de wilde krullen die lichtoranje kleurden, een stralenkrans. Ik noemde haar Helena. *Was this the face that launch'd a thousand ships, / and burnt the topless towers of Ilium?* Toen ze zag dat ik naar haar keek, glimlachte ze, terwijl ze rook uitblies. Een glimlach is een zachte kracht die door alles heen breekt. Glimlachen is iemand aanhalen met je ogen.

Nu zou ik moeten opstaan om met haar te praten over het

verhaal van die twee jongens. Zou ze het te veel Plato vinden? Te weinig drama? Of zou ze het wel mooi vinden dat die minnaar de geliefde volgt 'met schroom en vrees', zoals Socrates zegt, nadat het wilde paard is getemd. Of zegt ze: hoe gaat dit verhaal verder? Waarom eindigt het met het aanbieden van de bundel?

Ja, hoe ga je verder? Ik had daar natuurlijk ook over nagedacht. En ik had daar met Duco over willen praten. Maar Duco Deen had mij de kans niet gegeven en was heel duidelijk geweest. Ik moest eens een ander soort verhaal proberen. Hij had geen suggestie gedaan.

Moest het een verhaal worden over economische delicten, politieke schandalen, afpersing of moord? Toch maar een misdaadverhaal?

Ze lacht en schudt haar krullen. Ik kan horen wat ik haar laat zeggen: Jij een verhaal over politieke schandalen of afpersing? Doe niet zo mal. Laat dat maar aan anderen over. Je moet willen wat je kunt. Het verhaal van die twee jongens is licht etherisch, dat wel, maar ook wel mooi. Het verhaal van die wandelende vrienden en die plotseling afgebroken wandeltocht vraagt om een vervolg. Ja, dat is het: een vervolg! Ik zou wel willen weten hoe die twee vrienden verder zijn gegaan na die mislukte wandeling in Griekenland. Abel gaat daarna toch voor onbepaalde tijd naar Amerika? Iemand bij wie het oude Griekenland in zijn hart zit maar het Hollandse landschap in zijn ogen, zal toch wel naar Nederland terugkeren, mocht de gelegenheid zich voordoen? Begin je verhaal daar, heel eenvoudig. Abel komt terug uit Amerika en de twee mannen nemen de vriendschap weer op, alsof ze verder kunnen gaan waar ze op hun achttiende of twintigste gebleven waren. Twee vrienden, die na jaren van elkaar gescheiden te zijn geweest, weer bij elkaar komen, dat zou iets moois kunnen opleveren.

Ik stond op om binnen te betalen. Toen ik het tafeltje van de twee vrouwen passeerde, glimlachte en knikte ik nadrukkelijk naar Helena. En zij glimlachte terug. Bijna was ik stil blijven staan om haar te bedanken voor wat ze mij zojuist had ingefluisterd.

Deel twee

In de stad

II

In Kapitein Zeppos hadden de vier bij de bar gezelschap gekregen. In het restaurantgedeelte was al een tafel bezet door een familie die, gezien de grote tassen met opdruk, de zaterdagmiddag winkelend had doorgebracht. Uit mijn rugzak had ik de dikke paperback met teksten van Seneca en mijn blocnote met aantekeningen gepakt.

Je hebt mij gevraagd, Novatus, te schrijven over de vraag hoe woede gekalmeerd kan worden en mij dunkt dat jij niet ten onrechte vooral voor deze hartstocht beducht bent, omdat die onder alle het meest afschuwelijk en razend is. Want de andere hebben nog wel iets rustigs en vredigs in zich, maar deze is helemaal opgewonden, wil alleen maar pijn teweegbrengen en gaat te keer in een nauwelijks nog menselijk te noemen begeerte naar wapens, bloed en executies. Wie woedend is, vergeet zichzelf om een ander te kunnen treffen, hij loopt recht tegen de wapens in en is uit op een wraak waarin ook de wreker zelf ten onder gaat.

Wat ik zo bijzonder vond was dat de oude Grieken en Romeinen een grondige studie hadden gemaakt van de emoties. Ze hadden ze in de eerste plaats onderkend, een naam gegeven en vervolgens serieus genomen. Ze hadden zich gebogen over vragen als: hoe komen emoties tot stand, hoe kun je ze indelen, moet je ze koesteren, in toom houden of zelfs uitroeien? Abe had erop gewezen dat voor de stoïcijnen emoties niet alleen maar driftige opwellingen waren die onze dierlijke kant vertegenwoordigden, zoals later vaak was aangenomen. Integendeel. Emoties hadden een intieme band met onze opvattingen en oordelen. We beoordeelden iets als heel belangrijk en daarom waren we bang het te verliezen, of we beoordeelden iets als heel bedreigend en werden overvallen door vrees. Het oordeel vormde een onderdeel van de emotie. Onze oordelen of opvattingen, waardoor emoties werden opgeroepen, hadden met elkaar gemeen dat zij buitengewone waarde toekenden, positief of negatief, aan zaken die wij niet in onze macht hadden. Tijdens de vier lezingen zou Abe laten zien hoe wij volgens de stoïcijnen niet meegesleept hoefden te worden door onze emoties. We konden invloed op hen uitoefenen door onze opvattingen over wat belangrijk was te veranderen. Makkelijk was dat niet en daarom moest de leerling onder leiding van een goede meester aan de slag en beginnen met zelfonderzoek.

Ik kende veel belang toe aan een redacteur en aan zijn oordeel, zoals het voor mij ook belangrijk was om bij de stal van uitgeverij Ypsilon te horen, daar een plek te hebben en er zeker van te zijn dat mijn volgende boek daar uitgegeven zou worden. Het belang dat ik hechtte aan de redacteur en zijn oordeel riep de emotie op. Ik voelde mij slecht en slordig behandeld en het gevolg was woede. Ik moest het belang dat ik hem toedichtte ter discussie stellen. Hier, aan dit tafeltje, in Kapitein Zeppos, op een steenworp afstand van de plaats des onheils? Kon ik niet beter nog een glas wijn bestellen?

Ik wilde dat mijn nieuwe roman, *Een tragedie in de Achterhoek*, gelezen zou worden. Het lag heel simpel: hoeveel lezers wilde ik? In een interview had ik Philip Roth ooit horen zeggen dat een schrijver zeven lezers nodig had. In dat geval had ik geen uitgeverij nodig. Ik kon het boek afmaken, zevenvoudig kopiëren en onder zeven vrienden verspreiden die het eventueel weer aan iemand konden doorgeven. Maar Philip Roth had makkelijk praten met zijn reusachtige lezerspubliek dat over alle continenten was verspreid. Zeven lezers, ik vond het mager. Ik wilde er drieduizend, dat leek me een mooi aantal. De lezers moesten een kleine gemeenschap vormen, een dorp van drieduizend inwoners. Met deze roman moest dat haalbaar zijn, daarvan probeerde Abe me tijdens lange wandelingen te overtuigen. Alleen de titel al zou lezers het boek doen oppakken: *Een tragedie in de Achterhoek*. Een titel voor een streekroman, zei ik. Nee, hij was het beslist niet met mij eens. Een intiem drama tussen drie mensen, net als in de klassieke tragedie, dat moest de lezer aanspreken. Hij had mij gestimuleerd door te gaan ook al deed het schrijven soms pijn, alsof ik een wond die aan het genezen was weer openkrabde. Het schrijven zou mij de gelegenheid geven afstand te nemen van het recente verleden, mits ik de juiste vorm hanteerde. En alle suggesties van Abe serieus in overweging nam. Maar dat had hij er niet bij gezegd.

Nu het drukker werd in Kapitein Zeppos had het meisje achter de bar instrumentale muziek opgezet. Onmiskenbaar Piazzolla met zijn bandoneon. Een melancholieke, trage tango die steeds meeslepender werd. Voor iedereen was het achtergrondmuziek, alleen ik luisterde.

Duco Deen had mij in september aangeraden het verhaal van *Oud-Loosdrecht* voorlopig te laten rusten en eens een ander soort verhaal te proberen. Zijn advies had ik, gestimuleerd door Abe, opgevolgd. Nog dezelfde week was ik begonnen aantekeningen te maken voor het verhaal dat vlak voor mijn voeten lag, volgens Abe: *Een tragedie in de Achterhoek*.

Hier zat ik. Een afgewezen roman lag in de onderste lade van mijn bureau. De nieuwe roman waaraan ik de laatste maanden had gewerkt, in de hoop dat ik er op een dag mee naar Duco Deen zou stappen, kon ik ook wel opbergen. De uitgeverij had niet eens de moeite genomen mij uit te nodigen voor de nieuwjaarsborrel. Moest ik mij hier als een verslagen strijder op een zaterdagmiddag vol laten lopen? De handdoek in de ring gooien? Of strijdlustig blijven, zoals Abe mij had aangeraden. Positief agressief.

Ik bestelde nog maar een glas wijn bij het meisje dat een paar keer met een bezorgde blik in mijn richting had gekeken, alsof ze zich afvroeg waarom ik geen gezelschap kreeg.

12

Die middag in september, nadat ik lange tijd op het terras in Oud-Loosdrecht had doorgebracht om het slechtnieuwsgesprek met mijn redacteur te verwerken, werd ik tijdens de rit terug naar Amsterdam gebeld door Abe.

'Hoe gaat het met je?' vroeg hij zonder introductie.

Even was ik perplex. Beschikte hij over telepathische gaven en wist hij dat ik nog in de war was van het gesprek met mijn redacteur? Maar toen hij de vraag herhaalde besefte ik dat hij gewoon wilde weten hoe het met mij ging nu Eric uit Amsterdam weg was en in India verbleef.

Ik vertelde dat ik de hele middag aan de Vuntus had doorgebracht.

'En dat zonder mij,' zei hij semi-verontwaardigd.

'In zekere zin,' zei ik.

Hij grinnikte. Als geen ander begreep hij dat ik onmogelijk aan die plas kon zitten zonder dat hij daar opdook, of ik dat nu wilde of niet.

Hij stelde voor om samen wat te eten in de Jordaan.

Een paar uur later zaten we in de binnentuin van een eetcafé. Om ons heen in schemerlicht zat een luidruchtig gezelschap van voornamelijk studenten die aan net zulke wankele tafeltjes zaten als het onze. Gekleurde lampions met lichtjes zorgden voor een feestelijke sfeer maar het meeste licht kwam van de twee kaarsen op tafel. Het was nog steeds aangenaam zacht, een beetje klam, maar dat gaf wel een tropisch gevoel. Een grote pan met mosselen, een schaal patat en een fles witte wijn stonden tussen ons in.

Terwijl ik het volgeschonken glas hief, realiseerde ik mij dat het voor onze vriendschap, en de intimiteit ervan, niets uitmaakte dat er in ons verleden voorvallen waren waar we niet over spraken of konden spreken. De afgelopen periode had ik ontdekt dat zij ons eerder verbonden, op een geheimzinnige, ondoorgrondelijke manier, dan dat ze verwijdering of vervreemding tot gevolg hadden.

'Je bent dus alleen teruggegaan naar de Vuntus. Proost. Doe je dat vaker?'

'Ik was er in geen jaren meer geweest. De laatste keer was om er te schaatsen.' Ik hield het glas omhoog.

'Maar nu ging je niet schaatsen.'

Ik vertelde over het gesprek met Duco Deen en hoe ik tegenover hem had gezeten als een leerling die hoort dat hij niet overgaat. En hoe ik vervolgens de stad was uitgevlucht.

Abe luisterde aandachtig. Hij wist dat ik weer bezig was met een roman maar over het onderwerp hadden we niet gesproken. Onze ontmoetingen waren weliswaar niet minder intensief dan vroeger maar wel minder frequent. We hadden ieder onze eigen bezigheden. Maar dat werd steeds betrekkelijker. Abe was net met pensioen gegaan. Hij had alleen nog een lezingenreeks over de Stoa toegezegd. Voor het eerst vertelde ik hem iets over de inhoud en ik gaf ook de titel prijs.

Abe ging recht overeind zitten en keek mij met grote ogen aan, de wenkbrauwen gefronst. *Oud-Loosdrecht?* Werkte ik aan een verhaal over onze jeugd?

'Nou, dat wil zeggen, onze jeugd staat model.'

'Dat zou ik dan wel erg graag willen lezen.'

Toen hij merkte dat ik aarzelde, vroeg hij wat het grootste bezwaar van de redacteur was. Was het niet goed geschreven, was het te lang, zat het niet goed in elkaar?

Terwijl hij die vragen stelde, zag ik aan zijn gezicht, aan de uitdrukking van de ogen, maar ook aan de scheve trek bij de mond, dat hij vermoedde in welke richting het bezwaar van de redacteur wel eens gezocht zou kunnen worden.

'Het grootste bezwaar vond hij dat het ging over wat hij noemde "gemankeerde lovers". Hij had het zelfs over "een gemankeerde erotische vriendschap". En er komt geen seks in voor. Zelfs in jeugdboeken wordt seks niet meer vermeden, zei hij.'

'Gemankeerde lovers, zei hij dat?' Abe lachte verontwaardigd. 'Ha, wat een zak!'

Zijn loze lach, als hij ergens geen raad mee wist, klonk nog net zoals vroeger. Waarom vroeg hij niet wat die redacteur daarmee kon bedoelen. En of ik het met die man eens was. We moesten dit gebied zo snel mogelijk verlaten. We hadden het vaak over vroeger maar nooit over de vraag wat het voor hem of voor mij betekend had dat we inderdaad 'gemankeerde lovers' waren geweest. Lovers, verstrikt in hun sentiment, die niet goed raad wisten met hun lichaam. Hij niet met het zijne, ik niet met het mijne.

'Hij vond dat ik eens iets anders moest proberen, een ander onderwerp. Misschien doe ik dat ook wel.'

Ik had geen idee.

Omdat de fles wijn leeg was stelde ik voor nog een glas wit te nemen.

Abe stond op. Hij zou binnen de bestelling doorgeven. Hij moest toch naar het toilet.

We hadden zo geconcentreerd zitten praten dat mij nu pas het lawaai en gelach opvielen dat van de andere tafeltjes opsteeg. Ik ging verzitten en keek om mij heen. Als je in Amsterdam bleef wonen kon je heel lang het idee koesteren dat je student was gebleven. We kleedden ons niet heel anders en gedroegen ons niet heel anders dan deze jongens. Alleen je hoofd, dat je zelf niet zag, was het identiteitsbewijs op grond waarvan je de toegang tot hun enclave onherroepelijk werd ontzegd.

Toen Abe weer tegenover mij zat, keek hij mij doordringend aan.

'Ik heb een idee,' zei hij.

Twee glazen witte wijn werden voor ons neergezet. En terwijl hij voor de zoveelste keer het glas ophield, keek Abe mij uitdagend aan, het hoofd schuin, de rechtermondhoek opgetrokken. De lijnen in het gezicht werden scherper, de ogen groter.

'Weet je wat jij moet doen?'

Ik kende deze op onzekerheid veroverde stelligheid en verwachtte dat hij zou gaan zeggen dat ik net als Eric een wereldreis moest maken, om ervaring op te doen, naar Japan, Zuid-Amerika of Australië. Maar nee, hij kwam met heel iets anders. Ik moest niet naar buiten, de wereld in. Ik moest kijken naar wat voor het oprapen lag. Vlak voor mijn voeten. En terwijl hij praatte nam zijn onzekerheid af en zijn stelligheid toe.

Ik luisterde, de ellebogen op tafel, de kin rustend op de samengevouwen handen, onze hoofden dicht bij elkaar. Soms had ik even de gewaarwording dat we weer studenten waren. Dat ik aan het eind van de avond met hem op zou lopen naar zijn kamer in de Pijp, waar we op de stoep zouden blijven staan praten tot hij besloot nog een eindje met mij mee terug te wandelen.

De hernieuwde vriendschap met Abe confronteerde me steeds weer met de vraag wat tijd nu eigenlijk was. Meer dan twintig jaar was hij in Amerika geweest, maar het was of die jaren, zodra wij tegenover elkaar zaten, wegvielen. We hadden het ook zelden over die tussenliggende tijd. Hoe zijn leven in Boston eruit had gezien: ik had geen idee.

Ik luisterde naar Abe zoals je luistert naar een spannend verhaal waarvan je benieuwd bent hoe het afloopt, maar het was *mijn* verhaal, het was *mij* overkomen, arme, arme man die zijn hand had overspeeld, en *ik* kende het verloop. Het woord 'hybris' kwam een aantal keren in zijn monoloog terug. Ik had het onheil, zonder dat ik het op het moment zelf besefte, over mijzelf afgeroepen. Ik was verblind geweest, als de held uit een Griekse tragedie. Ik had een onnozele fout gemaakt. Het nieuwe verhaal diende zich als vanzelf aan. Hij sloeg met de hand op tafel, ging recht overeind zitten en keek mij aan, als een goochelaar die triomfantelijk de munt toont die hij zojuist achter iemands oor vandaan heeft getoverd.

Abe was de eerste aan wie ik over de donkerogige student had verteld. Hij had geluisterd zonder een oordeel te geven terwijl ik hem deelgenoot maakte van mijn verscheurdheid, mijn verwarring en later, nadat Eric vertrokken was, mijn groeiende onzekerheid.

Ik probeerde zijn enthousiasme te dempen door te zeggen dat het allemaal nog te vers was. Ik had nog niet voldoende afstand kunnen nemen om wat er het afgelopen jaar gebeurd was als nieuw onderwerp te adopteren.

Abe stak weer zijn vinger op. 'Je kunt afstand scheppen door het verhaal aan te scherpen in plaats van af te zwakken. Je moet het verhaal groter maken, dramatischer, het op de spits drijven, dat deden de Griekse tragedieschrijvers ook.'

'En *Oud-Loosdrecht*?'

'Ja, *Oud-Loosdrecht*,' zei hij en zette beide ellebogen op tafel, 'dat leg je voorlopig even weg. Je moet om te beginnen de uitdaging van je redacteur aannemen. Niet vluchten maar erop ingaan. Je niet uit het veld laten slaan. Strijdlustig worden, dat geeft goede energie. Positieve agressie moet je hebben.'

'Positieve agressie?'

Hij had zich nu zo ver voorovergebogen dat ik zelfs bij het licht van de kaarsen kon zien hoe blauw zijn ogen waren. En ondanks de scherpe plooien in het gelaat, de kringen onder zijn ogen en het kale hoofd, was het alsof ik tegenover de achttienjarige Abe zat. Het kwam niet door de ogen, die nooit verouderen, en zelfs niet door de levendige blik van iemand die op een idee is gekomen. Nee, de achttienjarige was veel dominanter in hem aanwezig dan welke leeftijd ook. Het lichaam ging zijn eigen gang, los van wie we diep van binnen waren of dachten te zijn. Die achttienjarige jongen kwam hier aan dit tafeltje in deze tuin aan de oppervlakte. Terwijl ik in zijn ogen keek, deed ik een krankzinnige ontdekking. Op die achttienjarige was ik nog steeds verliefd. Als achttienjarige. Het was een ander soort verliefdheid dan vroeger, toen ook het lichaam achttien was. Het lichaam had geen boodschap aan wat we allemaal voelden en wilden. We waren gespleten wezens. Terwijl het lichaam onderhandelt met de dood over uitstel van executie, denkt onze ziel eeuwig te zijn.

'Je moet afstand nemen,' zei Abe. 'We gaan die oude Grieken erbij halen. Van de werkelijkheid uitgaan, maar er literatuur van maken.'

Oud-Loosdrecht was inderdaad in de la van mijn bureau verdwenen en ik had de uitdaging een ander soort verhaal te schrijven, dankzij Abe, aangenomen. Onze gesprekken tijdens lange wandelingen in de maanden september en oktober, over de Griekse tragedie en in hoeverre ik daar mijn voordeel mee kon doen, gaf onze vriendschap een nieuw elan. We hadden beiden alle tijd en we keerden terug naar de plekken van onze jeugd. Voor de roman *Oud-Loosdrecht* kregen we het werkelijke Oud-Loosdrecht terug. Die omgeving bleek uiterst geschikt voor onze bespiegelingen over *Een tragedie in de Achterhoek*. Het zou een heel ander soort verhaal worden waarin het bed een centrale rol speelde.

Net als in Oedipus, zei Abe.

Nu Abe van veel verplichtingen ontslagen was, kwam hij aan zaken toe die hij heel lang had laten liggen. Hij had de tragedieschrijvers weer eens uit de kast gepakt en was begonnen de stukken *Antigone* en *Oedipus* van Sophocles te herlezen. Van beide tragedies was hij onder de indruk, maar vooral *Oedipus* vond hij adembenemend goed in elkaar zitten. Zo schitterend hoe een grote koning binnen één dag wordt verpletterd door alles wat hij denkt te hebben opgebouwd.

Tussen ons was na al die jaren blijkbaar nog steeds niets veranderd. Als Abe door iets gegrepen was, sleepte hij mij mee, of ik wilde of niet. Dat was vroeger zo geweest met Diogenes en Plato, en dat was dus nog steeds zo. Hij had mij zelfs enthousiast proberen te maken voor een negentiende-eeuwse uitgave van *Oedipus*, verzorgd door een degelijke Duitse professor, die hij onovertroffen vond. En hij prees de grondigheid en degelijkheid van die negentiende-eeuwers. Maar de Engelse vertaling met een voor mij heldere introductie was ook goed.

Terwijl het seizoen veranderde, de dagen in Amsterdam korter en kouder werden, trok ik mij regelmatig terug in mijn studeervertrek om aantekeningen te maken voor het verhaal dat in de Achterhoek zou spelen. Toen ik op een dag Abel vertelde dat ik moeizaam op gang kwam, vroeg hij of het zou helpen als ik mij een tijdje in Lochem opsloot. Voordat ik kon reageren stelde hij voor daar samen heen te gaan. Hij zou kunnen werken aan de lezingenreeks over de Stoa en ik aan mijn nieuwe roman. Werken en wandelen, een klassiek ideaal.

Ik schrok van zijn voorstel. Ik zei dat ik de plaats delict voorlopig wilde vermijden.

Maar dat was de ware reden niet, realiseerde ik mij. Ons verblijf in Lochem zou een parodie zijn op de droom die wij als zestienjarigen hadden gekoesterd. We zouden later samen gaan wonen in een boerderij 'ergens achter de IJssel'. We fantaseerden over de studeerkamers, de vleugelpiano, de boeken. Waar we sliepen werd nooit duidelijk.

Nee, niet met Abe naar de Achterhoek.

13

In het restaurantgedeelte van Kapitein Zeppos raakten steeds meer tafels bezet. Ik moest een beslissing nemen. Ik kon moeilijk de hele avond aan dit tafeltje blijven broeden op mijn ongeluk. Bovendien had ik geen enkele behoefte hier wat te eten. Om tussen al die vrolijke, gelukkige en luchtig converserende gezelschappen alleen aan een tafeltje te eten, op een zaterdagavond nog wel, dat ging mij net iets te ver. Nee, ik moest weg. Maar waarheen? Misschien zou ik vrienden gebeld hebben wanneer ik de *spaghettata* niet in het vooruitzicht had gehad. Nog geen half jaar nadat Abe mij had gestimuleerd om de uitdaging van de redacteur aan te nemen, moest ik hem gaan vertellen dat bij uitgeverij Ypsilon waarschijnlijk niemand op dit verhaal zat te wachten.

Ik pakte nog even de bundel met teksten van Seneca, bladerde wat, tot ik stuitte op deze bemoedigende passage: *Wij moeten aan de geest niet al te hoge eisen stellen en hem van tijd tot tijd de rust gunnen die voor hem als het ware voedsel is en zijn krachten versterkt. We moeten ook wandelingen buiten maken, om te zorgen dat de geest onder de vrije hemel en in de frisse lucht zich sterkt en zich vrij maakt. Soms zal ook een boottocht, een reis en verandering van omgeving nieuwe kracht geven, gezelschap van mensen en een goed glas. Een enkele keer kunnen wij zelfs wel zover gaan dat we dronken worden, niet om in dronkenschap onder te gaan, maar om ze te ondergaan. Want zij spoelt de zorgen weg, zij raakt onze geest diep en zij geneest de somberheid zoals ze ook bepaalde ziekten geneest.*

Want wij kunnen de Griekse dichter geloven: 'soms is het prettig buiten zichzelf te zijn', of Plato: 'wie bij zijn verstand is klopt tever-

geefs aan op de deur van de poëzie', of Aristoteles: 'er is nog nooit een
groot talent geweest zonder een spoor van waanzin'.

Ik moest de tijd doorkomen, dat was alles. En ineens kreeg ik
de juiste inval: het Centraal Station, eersteklasrestauratie. Dat
was het! Ik kon daar zitten als een gestrande reiziger, ik kon er
dromen over reizen, de kans was zelfs groot dat er op dit uur
nog een trein te nemen was richting Keulen, Frankfurt of Parijs. *Soms zal ook een boottocht, een reis en verandering van omgeving*
nieuwe kracht geven.

Ik stond op, rekende af bij het meisje dat met een van de
jongens aan de bar in een levendig gesprek verwikkeld was.

Goed zo jongens, zei ik in mijzelf tegen het groepje aan
de bar, sla elkaar voorlopig niet de hersens in. De liefde, die
weet wat. Ik glimlachte naar het meisje. Maak je om mij maar
niet druk, wilde mijn glimlach zeggen, ik ben op weg naar een
feestje, ook al zou je dat misschien niet zeggen.

14

Op de hoek van de Nes en de Langebrugsteeg was een opstootje, tenminste die indruk kreeg ik toen ik uit het steegje
kwam. Het was daar te donker om te onderscheiden wat er
precies aan de hand was. Toen ik dichterbij kwam zag ik dat
het geen opstootje was. Drie jongemannen, alle drie gekleed
in winterjack met bontkraag, waren in gesprek met een lange man die liever niet door hen aangeklampt was. Hij deed
steeds een stapje achteruit tot ze alle vier op de stoep stonden,
de man met de rug tegen de muur. Ze gaven niet op. De middelste van de drie mannen deed het woord in rudimentair Engels met een zwaar accent dat ik dacht te kunnen thuisbrengen. De twee andere jongens keken hoopvol op naar de man
in de lange regenjas die duidelijk weg wilde. In het licht van
de boven de straat gespannen lantaarn zag het tafereel eruit als
een schilderij in clair-obscur van hun landgenoot Caravaggio.
'I don't know,' hoorde ik de man in de lange regenjas zeggen.
Met beide handen hield hij zijn leren tas voor zijn buik, alsof hij bang was dat hij gestolen kon worden. De woordvoerder kreeg door dat ze met deze man niet verder zouden komen. Hij keek om zich heen en toen hij mijn blik opving verscheen er een lach op zijn gezicht. Zelfs in het halfduister was
het spleetje tussen de twee voortanden te zien. Hij schatte in
dat ik in aanmerking kwam voor het verstrekken van de informatie. Zijn twee maten volgden zijn blik en draaiden zich
om. De man in de regenjas maakte van de gelegenheid gebruik
door weg te schieten, verder de Nes in.
    Drie mannen keken naar mij. De woordvoerder straalde

een groot en kwetsbaar vertrouwen uit. Zijn beide vrienden waren na hun ervaring met de man in de regenjas op hun hoede. De woordvoerder was een stevig gebouwde man van rond de veertig. De jongen aan zijn rechterzijde stak een halve kop boven hem uit. Hij was jonger en mooier. Donkere ogen in een ovaal gezicht. Links van hem stond de benjamin van het trio, een jongen van wie de leeftijd moeilijk te schatten viel, wat niet veroorzaakt werd door het schemerduister. Hij hield een klein plattegrondje met beide handen vast. Hij kon twintig zijn, of dat vijf tot tien jaar zijn gebleven. Zijn ogen moest ik voorlopig vermijden.

'Italy?' vroeg ik.

Ook de twee begeleiders leefden nu op.

'Sicilië,' zei de oudste en zijn ogen straalden nog meer.

'Ah, Sicilië,' zei ik en ik voegde er in het Italiaans aan toe: 'Een prachtig eiland.'

'We komen uit Ragusa,' zei de oudste.

'Jullie komen uit Ragusa?'

'Kent u Ragusa?'

'Ragusa,' herhaalde ik met nadrukkelijke verbazing, 'maar natuurlijk ken ik Ragusa. Ik ben er geweest.'

Ze stootten elkaar aan. Hij kent Ragusa, zeiden ze tegen elkaar, hij is er geweest. Als mensen die een wonder pas kunnen geloven als ze het tegen elkaar hebben herhaald.

'Kent u Bar Sport,' wilde de langste van de drie weten.

'Bar Sport?' Ik deed of ik in mijn geheugen moest zoeken tot ik de bar voor mij zag. In ieder Italiaans stadje bevond zich een Bar Sport. Ik knikte. Jazeker, die bar kende ik.

In deze donkere, mistige steeg waren ze in aanraking gekomen met iemand die kon bevestigen dat Ragusa, en Bar Sport, werkelijk bestonden. Ze wekten niet de indruk lang van huis te zijn maar de nostalgie droop van hen af.

Op mijn vraag wat zij van de man in de regenjas te weten hadden willen komen, kwam het verrassende antwoord dat ze hem gevraagd hadden waar je hier goed kon eten, goed Italiaans eten. Gisteravond hadden ze in een Italiaans restaurant gegeten dat helemaal niet Italiaans was. Het werd gedreven door Turken.

De vraag naar een goed restaurant was uit de mond van een Italiaan ook weer niet zo verrassend. Als Italianen uit eten gingen aten ze precies hetzelfde als thuis, alleen door een ander klaargemaakt. Maar ook ik kon hen niet op weg helpen. Zo'n gewoon restaurant waar je at wat je moeder ook had kunnen klaarmaken, kende ik niet en dat was hier ook niet. Ik kon hen niet helpen, ik kon wel begrip opbrengen.

En koffie, waar kon je hier een echte espresso krijgen?

Arme jongens. Het waren geen mannen, het waren dolende jongens die geen idee hadden waar ze terecht waren gekomen. Ik wist wat ze bedoelden, een espresso, stroperig als likeur, waarbij vergeleken de Nederlandse espresso karakterloze cola was. Nee, voor echte espresso, een espresso waarvan je opkikkerde, zouden ze naar Bar Sport moeten.

Ze hadden nog één vraag die door de oudste van het stel werd geformuleerd: wat konden ze vanavond in de stad doen?

Ik hield weliswaar de herinnering aan Ragusa levend maar verder hadden ze niets aan mij. Ik ging 's avonds uitsluitend de stad nog in voor film, theater of concert. *My dancing days were over.* En wat wilden deze verdwaalden precies? Paradiso? De Melkweg? Een disco? Op dit moment wilden ze niets liever dan dat ik in hun omgeving bleef. En ik? Wat wilde ik? De jongste, die nog steeds het plattegrondje vasthield alsof dat een verklaring vormde voor zijn aanwezigheid in deze vreemde stad, maakte hetzelfde gevoel bij mij los als een in de struiken vastzittend poesje, dat je wil bevrijden om het mee naar huis te nemen en te koesteren.

Ik wist ineens wat ik wilde. Niet eens veel verderop in de Nes lag een tamelijk nieuw café-restaurant met een naam die hen moest aanspreken, Bar Italia. Ik stelde voor samen in die bar iets te drinken. Ik had nog wel even tijd. Weer keken ze elkaar met verwondering aan. Ze waren volkomen overdonderd.

Het was tijd om ons aan elkaar voor te stellen. De man die tot nog toe het woord had gevoerd heette Riccardo. De lange jongen met de donkere ogen in het ovale gezicht, lachte ontspannen toen hij zich als Andrea voorstelde. Alleen de jongste, die tijdens het voorstellen zijn ogen neersloeg, lachte niet: Tommaso.

Misschien redde ik hun bezoek aan Amsterdam, maar zij redden mijn zaterdag die voor het pand van *Arti et Amicitiae* een onvoorziene draai had genomen. Iemand had eens gevraagd wat mijn motto was en hoewel ik daar nog nooit over had nagedacht zei ik spontaan dat alles altijd anders gaat dan je denkt, verwacht of plant. Hier liep ik op een zaterdagavond in de Nes, met drie verdwaalde mannen uit Ragusa voor wie ik de reddende engel mocht spelen.

Het café-restaurant was een grote, schaars verlichte ruimte, modern-strak ingericht, die helemaal doorliep van de Nes tot aan het Rokin. Aan de bar zaten enkele mensen, hier en daar was een tafeltje bezet. Ik koos een tafel uit, deed mijn rugzak af, trok mijn jas uit en spoorde hen aan hetzelfde te doen. Toen ze zaten zei Andrea, nadat hij de ruimte goed opgenomen had, dat hij in Bar Sport werkte maar dat Bar Italia wel iets anders was. Ik nam het menu dat op tafel lag en bedacht dat ik het goed moest aanpakken. 'Jullie zijn mijn gasten,' zei ik in mijn beste Italiaans, 'de wijn is hier niet duur, zullen we een fles wijn bestellen? Wat willen jullie, rood of wit?' Ik verwachtte een storm van protest, maar dat viel mee. Ze waren waarschijnlijk te overdonderd om te protesteren. Rood, ze wilden wel rood, althans Riccardo en Andrea wilden rood. Tommaso speelde met het plattegrondje en zei niets. Hem werd ook niets voorgelegd.

'Ze hebben een Siciliaanse wijn, Rosso del Soprano, dat lijkt mij wel wat.'

Noch Andrea, noch Riccardo zei de naam Rosso del Soprano iets. Toen ik zei dat op de kaart allerlei prachtige dingen over de wijn gezegd werden, wilde Andrea het menu wel eens zien. Ik zorgde ervoor dat mijn duim de prijs op de kaart bedekte. Voor veertig euro kon je in Bar Sport het hele jaar wijn drinken. Ik probeerde te vertalen wat er stond. Vijgen, bramen, pruimen, ik kwam er wel uit.

De twee mannen gingen met elkaar in gesprek over Siciliaanse wijnen, terwijl aan tafel een ober in wit overhemd en een voorschoot tot op de enkels verscheen. Ik bestelde de Rosso del Soprano, een karaf water en crostini. Ik leunde achterover en deed niet mijn best het gesprek over de wijnen te volgen. Recht tegenover mij zat de kleine Tommaso die het plattegrondje uitvouwde en weer opvouwde. Hij was waarschijnlijk ouder dan twintig, zag ik nu, maar hoeveel ouder zou ik niet kunnen zeggen. Andrea was mooi, een mooie rijpe jongen die nog te weinig had ontdekt of meegemaakt. Met hem kwam het vast wel goed. Tommaso was een kind; wat hij bij deze twee mannen deed was een raadsel.

Het gezelschap kwam in beweging toen de ober met de bestelling aan tafel verscheen. Vier wijnglazen, vier waterglazen en twee schalen met crostini werden neergezet, wijn en water werden ingeschonken. We hieven alle vier het glas. De eerste slok wijn werd uitvoerig besproken waarbij voor het eerst Tommaso betrokken werd. Tommaso bleek op een wijnboerderij te werken. Het was een heel goede wijn, zei hij en knikte. Voor het eerst keek hij mij aan met die ogen waar ik niet al te lang in moest kijken. Andrea werkte in Bar Sport, dat wist ik al, en wat deed Riccardo? Riccardo was politieman en de enige van de drie die getrouwd was. Een vader van een achtjarig zoontje.

Ik liet de schaal met crostini rondgaan.

Ze waren gisteren in Amsterdam aangekomen en morgen vertrokken ze weer, met de auto, naar Hamburg. Vanmorgen waren ze naar het Van Goghmuseum geweest en vanmiddag naar Madame Tussaud. Van Gogh hadden ze niet veel aan gevonden, Madame Tussaud wel.

Ook de crostini werden gekeurd en uitvoerig besproken. Die met zwarte olijfpasta was lekkerder dan die met pesto en die was weer net iets beter dan die met kippenlevertjes.

Ik zou wel eens willen weten wie in Ragusa hun had aangeraden naar het Van Goghmuseum te gaan.

'Jullie hebben toch wel gerookt,' zei ik.

Ja, gisteren waren ze direct na aankomst naar een coffeeshop gegaan.

Ook de politieman?

Hij hoefde alleen in Italië de wet te handhaven. En weer lachte hij. Het spleetje tussen zijn twee voortanden gaf hem iets onschuldigs, een kwajongen die politieman geworden was. In Ragusa rookte hij nooit.

Andrea wel?

Andrea knikte serieus en keek naar Tommaso over wiens gezicht voor het eerst een vage glimlach streek, een glimlach die glazen kon doen zingen of springen. Hier was de stuff veel beter, zei Andrea, en dat je gewoon openlijk kon kopen en roken vond hij een wonder.

'Jullie zijn maar een dag in Amsterdam. Waarom blijven jullie hier niet langer? Het is een hele rit vanuit Sicilië.'

Ze keken elkaar aan alsof ze zich afvroegen wie van hen een antwoord op deze vraag wist. Andrea haalde zijn schouders op. Alle drie reden graag auto. In Hamburg bleven ze langer omdat ze daar bij familie logeerden. Ze wilden per se langs Amsterdam, niet alleen vanwege de coffeeshops maar ook omdat ze gehoord hadden dat Hollandse meisjes Italiaanse jongens niet als minderwaardig behandelden, zoals in andere Europese landen gebeurde.

'Is dat echt zo?'

Riccardo en Andrea knikten; Tommaso hing achterover in de stoel en liet het glas voor zijn ogen kantelen.

Ik hield de fles op en alle drie lieten ze zich nog eens inschenken. Zelf nam ik een glas water. De avond was nog lang.

Andrea kon er nog niet over uit dat ik in zijn bar was geweest. Hoe lang was dat geleden?

Ja, hoe lang was dat geleden? Tien jaar, zei ik.

Toen werkte hij al in de bar. Meestal onthield hij buitenlanders goed, maar hij had niet de indruk dat hij mij ooit eerder gezien had. Misschien had hij die dag vrij. Was ik daar alleen of met een gezelschap geweest?

'Met een vriend,' zei ik, in de hoop dat hij het onderwerp verder zou laten rusten.

Wist ik nog waar ik gegeten had? Pizzeria La Conchiglia, was ik daar misschien geweest?

'Pizzeria La Conchiglia, het zou heel goed kunnen,' zei ik, 'het was een pizzeria.'

Ik maakte ze gelukkig op een bijna beschamend eenvoudige wijze, niet dankzij de door hen geprezen wijn of de kritisch beoordeelde hapjes, maar doordat ik hun de gelegenheid gaf Ragusa en zijn nauwe straatjes op te roepen. Alsof we ons rond een kampvuur hadden geschaard. Ik besefte terdege mijn verantwoordelijkheid. Straks zouden zij weer buiten staan, zonder mij, en die overgang mocht niet te groot worden. Het was mooi dat in deze duistere hoek van Bar Italia het Siciliaanse licht scheen, maar buiten was het donker en koud. Zij moesten de avond nog doorkomen, met een pizza eventueel, en daarna stappen, in de hoop dat de in Ragusa aangeprezen Nederlandse meisjes hun pad zouden kruisen, meisjes die niet op Sicilianen neerkeken. En ik moest op mijn hoede zijn. Riccardo, de stevig gebouwde politieman, had mij al gevraagd of ik ook getrouwd was. Soms had ik in dergelijke situaties, waar de waarheid er niets toe deed, zo'n vraag bevestigend beantwoord. Wat maakte het uit? Huisvaders onder elkaar. Maar daar had ik geen zin meer in. Hij mocht de door mij bestelde wijn drinken en crostini eten, en hij mocht weten dat ik niet getrouwd was. Even stokte het gesprek want hij moest de vervolgvragen naar kindertal, namen van de kinderen en de kleinkinderen inslikken.

Andrea was ook niet getrouwd. Hij had verschillende vriendinnen gehad maar vond de Italiaanse vrouwen maar niks.

En Tommaso, had Tommaso nog geen meisje?

Ik moest de delicate vraag, die ik zo nonchalant mogelijk gesteld had, herhalen.

Hij keek op van zijn glas, waarmee hij de hele tijd in gesprek leek en lachte, niet verlegen, ook niet brutaal, maar onverschillig. Nee, hij had geen meisje en hij wilde ook geen meisje.

'Nou ja, een jongen van twintig heeft nog alle tijd,' zei ik.

Tommaso was niet twintig, Tommaso was net dertig geworden. Om dat te vieren maakten ze deze lange tocht. Hij was een neef van Riccardo en een vriend van Andrea.

Er waren jongens die over een zo goed als volmaakte schoonheid beschikten, ogen waarbij je als toeschouwer door de grond ging, en die deze schoonheid niet uitbuitten. Het was onbegrijpelijk maar het was zo. Als mensen die een kapitaal op de bank hebben maar leven als daklozen.

Ik had de indruk dat het Riccardo niet ontging dat Tommaso mijn heimelijke maar voortdurende aandacht had. Als politieman kende hij de wereld buiten Ragusa. Misschien had hij zelfs door dat deze buitengewone behandeling op conto van Tommaso's ogen kwam.

Toen de fles leeg was en de crostini op en ik vroeg of ze nog iets wilden drinken, nam Riccardo de leiding. Nee, het was onderhand tijd dat ze het restaurant gingen zoeken dat niet bestond. Maar voor ze opstapten wilde hij zijn telefoonnummer achterlaten. Als ik naar Ragusa kwam moest ik hem bellen. Ik kon altijd bij hen logeren, zo lang ik maar wilde. Zijn vrouw maakte een geweldige *capunata*.

Andrea kon ik altijd vinden in Bar Sport. Toch wilde ook

hij nummers uitwisselen. Het nam enige tijd voordat alle nummers waren ingevoerd. Tommaso zei dat hij altijd via Andrea was op te sporen. Het schoot door mij heen dat ik hen zou kunnen uitnodigen bij mij thuis iets te eten. Sinds ik weer een alleenstaande man was, had ik voldoende spullen in huis om spontaan een pasta te maken. Ook aan wijn ontbrak het niet. Onderweg zouden we wat 'stuff' of wat dan ook kunnen inslaan. Eros Ramazzotti, Lucio Dalla, Mina, wat had ik nog meer aan Italiaanse zangers? We zouden samen dronken kunnen worden, roken, via een vriend cocaïne of xtc laten bezorgen. Dansen op *Ma dove vanno i marinai* van Lucio Dalla.

Nee, het was waanzin. Het vuur waar we nu omheen zaten liet zich heel moeilijk verplaatsen. Bij het Rembrandtplein zou ik al spijt krijgen. Deze mannen moesten vanavond stappen, meiden ontmoeten, desnoods versieren.

Nadat ik bij de bar afgerekend had, stapten we op.

Ik liep nog een eindje met hen mee, eerst tot de plek waar Riccardo mij had aangesproken en, omdat ik het moeilijk vond hen te laten gaan, tot de ingang van de Langebrugsteeg, schuin tegenover *Arti et Amicitiae*.

Andrea was de enige die teleurgesteld was toen bleek dat we nu echt uit elkaar gingen. Waarom ging ik niet met hen mee naar de pizzeria die ik hun op het laatst had aangeraden?

Ja, waarom ging ik niet met hen mee? Een goede vraag.

'Waarom gaan jullie niet met mij mee?' kon ik niet nalaten op de valreep te zeggen.

Riccardo lachte zijn brede politiemannenlach. Tommaso leek mijn vraag niet gehoord te hebben. Alleen lange, slanke, bruinogige Andrea leefde op. Hij zou zo zijn meegegaan, zag ik.

'Je komt naar Ragusa,' zei Riccardo afsluitend en gaf mij een hand, 'daar rekenen we op.'

Ik kreeg ook van Tommaso en Andrea een hand en beloofde dat ik beslist naar Sicilië zou komen om hen op te zoeken.

Schouder aan schouder liepen ze de Amsterdamse avond in. Alleen Andrea keek nog even om, voordat ze het Rokin opliepen.

Toen ik mijn hand opstak had hij zich alweer omgedraaid.

'Godverdomme,' mompelde ik binnensmonds.

Weer stond ik aan de voet van het ruiterstandbeeld met de slanke koningin op het ranke paard. Alsof ik op wacht stond.

15

Hoewel ik mij had voorgenomen naar het Centraal Station te gaan, leek het wel alsof ik niet kon loskomen van deze plek. Als een masochist keek ik naar de drie verlichte ramen. Ook ik had daar moeten rondlopen met een glas wijn in de ene en een toastje zalm in de andere hand. Op de vraag die zo'n avond het meest gesteld werd, zou ik antwoorden dat ik sinds september werkte aan een verhaal dat de literaire wereld versteld zou doen staan. De wereld binnen onze landsgrenzen, zou ik er bescheiden aan toevoegen. De titel? In deze kringen had men er begrip voor dat je de titel, zolang het boek niet af was, geheim wilde houden. Wanneer het uitkwam? Voordat je een antwoord zou kunnen geven, had een ander je al aangeschoten en, gezien de consumpties waarmee je moest balanceren, onhandig omhelsd en dezelfde vragen gesteld.

Vanavond zou ik Abe moeten teleurstellen. De kans was klein dat *Een tragedie in de Achterhoek* op belangstelling van de uitgeverij zou kunnen rekenen. Soms had ik mij al op de presentatie verheugd. Aan Abe zou ik het eerste exemplaar overhandigen. Ik sta voor de microfoon en roep hem naar voren. Zijn ironische glimlach kan niet verbergen dat hij van binnen gloeit. Ik zie het aan de manier waarop hij staat, een beetje uit het lood, het hoofd schuin. En terwijl ik de menigte overzie, vertel ik hoe dit boek dankzij een ideale samenwerking tot stand is gekomen. Ik houd het boek omhoog en zeg niet zonder trots: 'Dit is een kind van twee vaders'.

Het vuur van onze vriendschap dat lang had liggen smeulen, was tijdens onze gesprekken over de tragedie weer opgeleefd. Over een gezamenlijk verblijf in de Achterhoek hadden we het niet meer. We keerden terug naar de dijkjes, plassen en bossen van onze jeugd. Na zoveel jaren wandelden we weer alsof er geen tijd verstreken was, ook al gingen onze gesprekken niet meer over de 'Ballade van de gasfitter', *Op weg naar het einde* of Plato, maar over een roman die nog geschreven moest worden.

En net als vroeger wezen we elkaar op alles wat ons opviel of trof: reusachtige wilgen aan het water, achter groen verscholen boerderijtjes en verwilderde tuinen. Wat was het verschil tussen vroeger en nu? Was er wel een verschil? Op een dag wist ik waarin ons heden zich onderscheidde van onze jeugd in het Gooi. Onze vroegere wandelingen naar het Kleine Wasmeer en de Hoorneboeg bestonden in zuivere vorm, absoluut en onvergankelijk als een platonische Idee. Ons heden was daarvan een afschaduwing. Een bewogen beeld van toen.

Onze vriendschap had na de wandeltocht in Griekenland flinke schade opgelopen. Voordat Abe naar Amerika vertrok, hadden we nog wel een keer samen gegeten om na te praten. We wisten beiden niet goed raad met de situatie. Wat ons toen ontbrak, realiseerde ik mij nu, waren de juiste woorden. Maar ook wanneer we over de juiste woorden hadden beschikt zouden we er waarschijnlijk nog niet aan toe zijn geweest om die op onze situatie toe te passen.

De ziel is een schier ontoegankelijke grot, volgens Seneca. Ook vriendschap heeft een ziel waar moeilijk in door te dringen is. Aan de oppervlakte waren Abe en ik ongecompliceerde vrienden, vitale mannen van een zekere leeftijd. Misschien wilden we helemaal geen toegang hebben tot wat onder die oppervlakte huisde. Ik wist alleen dat we nooit meer onder elkaar uit zouden komen, of we elkaar nu zagen of niet. We hadden elkaar gevormd en, tot op zekere hoogte misschien, ook misvormd. We hadden wel contact gehouden tijdens zijn jarenlange verblijf in Amerika, maar sporadisch. Ik had hem en Catia één keer opgezocht in Boston, toen Eric en ik een zomer in Rhode Island doorbrachten. Tijdens zijn korte bezoekjes aan Nederland liepen we elkaar meestal mis omdat die in de vakantietijd vielen. En dat kwam ons beiden wel uit.

Natuurlijk, de gebeurtenissen van het afgelopen jaar vormden op zich geen tragedie, zei Abe, maar zij waren wel het ruwe materiaal waarvan ik gebruik moest maken. Voor de opbouw van mijn verhaal zouden we kijken hoe de grote Griekse tragedieschrijvers te werk waren gegaan. We zouden Aristoteles' verhandeling over literatuur erbij kunnen pakken.

Het leek mij allemaal wat hoog gegrepen: Aristoteles en Griekse tragedieschrijvers. Was dat niet wat erg zwaar voor een verhaal dat zich in de Achterhoek afspeelde, anno nu? Welnee. We waren sinds de tijd van Sophocles en Aristoteles niet geëvolueerd tot andere wezens, tot mensen zonder blinde vlekken, zonder zelfoverschatting, levensdrift of doodsangst.

Abe was altijd al veel stelliger geweest dan ik. Hij deed iets of hij deed het niet en wat hij aanpakte deed hij voor de volle honderd procent. Als je met judo begon ging je door tot de zwarte band. Zijn pianospel deed nauwelijks onder voor dat van een concertpianist. Hij was niet de man van de tussenweg of het compromis. Dat had ik vroeger in hem bewonderd en dat deed ik nog. Nu verdiepte hij zich in de *Poetica* van Aristoteles. En ook dat deed hij grondig.

Ons eerste gesprek ging over de held van de tragedie, de zogenaamde protagonist. Het begon in de omgeving van het Kleine Wasmeer en werd voortgezet op een terras in Lage Vuursche waar de tijd gelukkig weinig schade had aangericht. Het was een zachte septembermiddag met nauwelijks wind en een heel fijn waas voor de zon. Het rook al naar de herfst, naar paddenstoelen en noten. De beukenbomen met hun bijna doorzichtige bladeren vingen het zonlicht op en zeefden het goud eruit. Het was of we nooit weg waren gegaan, alsof we aan het eind van de middag gewoon naar Hilversum zouden terugkeren, hij naar zijn ouders en ik naar de mijne. We waren blijven wandelen, tijdloos, en alles wat zich buiten het Gooi had afgespeeld was een droom geweest.

Terwijl we aan de kant moesten voor fietsers, en wandelaars groetten die ons tegemoetkwamen, begon Abe zijn college over de tragische held. De held moest aan enkele kenmerken voldoen en het eerste was dat hij bij aanvang in bijzonder gunstige omstandigheden verkeerde opdat de slag die hem zou treffen bij het publiek des te harder zou aankomen. Aristoteles had in zijn verhandeling over het drama ook aandacht besteed aan het publiek dat de voorstelling bijwoont. De handeling die zich op het toneel voltrekt moet bij het publiek medelijden en vrees oproepen. Medelijden met de held die door een vorm van hoogmoed of verblinding ten val komt en vrees dat het lot ook wel eens jou ongenadig te pakken zou kunnen nemen.

Als je mijn leven zo bekeek, zag je dat aan deze eerste voorwaarde werd voldaan. Vanaf onze studie was alles voor de wind gegaan. Het was alsof aan de poort van ons dagelijks bestaan twee trompetters stonden die de dag feestelijk openden en afsloten met triomfgeschal. Voor de expositie van de tragedie kon ik alles uit de werkelijkheid zo overhevelen naar de fictie.

We zaten ontspannen op het terras, grote glazen bier voor ons en op een bepaald moment raakte Abe een gevoelig punt. Hij vroeg wanneer ik dacht contact op te nemen met mijn redacteur. Ik zei hem dat ik mij onzeker voelde. Duco Deen had gezegd dat ik een ander onderwerp bij de kop moest nemen. Maar hoe serieus bedoelde hij dat? Erg stimulerend was hij op mij niet overgekomen.

'Mijn boeken halen teleurstellende verkoopcijfers,' zei ik. 'Die man moet mij kwijt.'

'We moeten alles doen om dat te voorkomen,' zei Abe.

Ik keek op van zijn strijdlustige toon. We waren twee jongens die het opnamen tegen een boze uitgeverswereld.

Abe keek recht voor zich uit, de lippen samengeknepen, zijn hoofd achterover. Donald Duck broedde op iets. Na een tijdje zei hij: 'Op die redacteur heb je natuurlijk geen greep. Het enige waar jij over gaat is het verhaal. Concentreer je daar op. Een verhaal, opgebouwd als een klassiek drama, dat moet het worden.'

Het was aardig wat Abe zei, maar realiseerde hij zich wel het belang van een redacteur, de man of vrouw aan de poort van de uitgeverij? Ik zei hem dat het heel lastig was om je te concentreren in het luchtledige. Als je schreef moest er een spanning zijn met iemand die vertrouwen in je had en er niet voor terugschrok kritiek te leveren en eisen te stellen.

'Zal ík voor redacteur spelen?'

We keken elkaar aan, beiden te verrast om iets te zeggen. Toen schoten we in de lach. Dat we dat niet eerder bedacht hadden! Dit was de oplossing. We waren van niemand afhankelijk.

'*Ad interim*?'

'Jij maakt deze week een ruwe opzet en volgende week bespreken we die. Kijk maar hoe ver je komt.'

16

Op een mooie oktobermiddag komt een schrijver met de trein in Groningen aan.

Studenten op de universiteit hebben zijn laatste roman gelezen en geanalyseerd. Hij is uitgenodigd om iets te vertellen over de totstandkoming van die roman en vragen te beantwoorden. Veel wordt hij niet gelezen en daarom is hij blij met de belangstelling voor zijn werk, en dan nog wel van studenten.

In het kleine collegezaaltje geniet hij van het jeugdig enthousiasme, de scherpe vragen, de prettige sfeer.

In de groep zit een jongen met ogen waar de schrijver nauwelijks in kan kijken. Steeds als hij even zijn ogen in diens richting laat gaan, straalt de jongen alsof hij hem naar zich toe wil lokken. Na afloop blijven enkele studenten napraten maar de jongen met de donkere ogen is er niet bij. Toch is de schrijver niet verrast als hij een week later van de docent een mailtje krijgt met de vraag of hij zijn e-mailadres aan de buitenlandse student mag doorgeven.

Wat moet hij doen? Zo'n verzoek is voor hem nieuw. Is het in onderwijssituaties gebruikelijk dat studenten achteraf contact opnemen met een gastdocent? Wat is er tegen een correspondentie met een in zijn werk geïnteresseerde student, maakt hij zichzelf wijs.

Als de schrijver toestemt, komt er beweging in het verhaal. Er gaat iets rollen. Maar het verhaal kan nog verschillende kanten op. Tussen schrijver en student komt een correspondentie op gang die in de loop van enkele maanden in frequentie toeneemt. Belangrijk voor het verhaal is dat de schrijver een partner heeft en dat zij de beschikking hebben over een boerderijtje in de Achterhoek. Sinds de schrijver aan een nieuw boek is begonnen zit hij daar van woensdag tot vrijdagavond, en soms tot zaterdagochtend, alleen, om in afzondering geconcentreerd te werken. 's Zaterdags komt de partner naar Lochem om in huiselijke vrede het weekend door te brengen.

De correspondentie met de student staat helemaal los van zijn gewone leven. De mails komen in zijn mailbox. Er valt geen brief op de mat. Een epistolair parallelbestaan waar de partner geen idee van heeft. De brieven van de student bestaan voornamelijk uit liefdesgedichten, waarin de minnaar de geliefde aanmaant de dag te plukken zolang het nog kan. Het zijn gedichten van Omar Khayyam, Rumi en Hafez. De schrijver weet niet wat hem overkomt. Alsof de brieven die overlopen van liefdeslyriek, een tonicum is dat hem verjongt. En ook hij stuurt gedichten op, niet van Khayyam, maar van hemzelf. Zo overbruggen zij in stilte de winter. Als het voorjaar zich aandient nodigt de schrijver de student uit om een dagje naar Lochem te komen.

De student komt op een woensdagochtend in Lochem aan. Hij wordt bij de trein opgewacht door de schrijver die verscheurd wordt door opwinding en onrust. Opwinding, omdat de voorafgaande correspondentie een erotisch avontuur belooft. Onrust, omdat wat hij aanhaalt onbekend terrein is. Ze lunchen samen in een afgelegen restaurant. Daarna wandelen ze in het aangrenzende bos en tot afronding van het bezoek gaan ze nog even naar de boerderij. Tegen de tijd dat de student weer naar Groningen terug zou moeten, valt er een lange, ongemakkelijke stilte die uitloopt op een omhelzing. Hierop is alles gericht geweest, alle mails, de uitnodiging, de treinreis, de wandeling, de lunch, alles. Op deze omhelzing waarvan de voltooiing zich voltrekt in het tweepersoonsbed op de eerste verdieping. De student blijft tot vrijdag. De schrijver leeft drie dagen in een roes. De week daarop komt de jongen weer op woensdag en weer blijft hij tot vrijdag. Vier weken. Van woensdag tot vrijdag. En tegen het weekend draait hij de knop om. Hij verbaast zich erover dat hij dat kan.

Noch van de e-mails, noch van de logeerpartijtjes is de in Amsterdam verblijvende partner op de hoogte. De schrijver heeft zich voorgenomen zijn partner te informeren als zich een goede gelegenheid voordoet. Maar wat betekent 'goed' in dit geval? Geen enkele gelegenheid wordt goed genoeg bevonden om zoiets delicaats op te biechten, met bovendien het risico geplaatst te worden voor een keuze die hij zo lang mogelijk wil uitstellen. Zoals de perfecte moord niet bestaat, zo bestaat ook het perfecte vreemdgaan niet. Op een zaterdagmorgen, nadat de student voor de vierde keer in Lochem heeft gelogeerd, ontvangt de schrijver een e-mail van zijn partner, wat verbazing wekt aangezien zij elkaar nooit mailen, altijd bellen. Een ijskoude, zakelijke tekst waarin de partner aankondigt dit weekend niet naar Lochem te zullen komen. Hij heeft, geheel onopzettelijk, tijdens het uitzoeken van de was een uitdraai gevonden van een in onbeholpen Nederlands gesteld liefdesgedicht met de titel 'Jij bent mijn alles', ondertekend met de naam Saïd. Foutloos gespeld waren alleen woorden als 'Lochem', 'bed' en 'liefde'.

Crisis.

Zal de schrijver de student opgeven?

Nu hij een slok heeft genomen uit de bron van de jeugd, wil hij doordrinken zolang het kan. Zijn partner niet verliezen en de student behouden, dat wil hij. De keuze zo lang mogelijk uitstellen.

17

Na een lange wandeling rustten Abe en ik uit op het terras aan de Vuntus. We hadden de auto in Ankeveen laten staan en waren komen wandelen via 's-Graveland en Kortenhoef. Voor het eerst sinds Eric in het voorjaar bij mij weg was gegaan, voelde ik mij ontspannen, zelfs gelukkig. Zonder mij druk te maken om de toekomst; zonder mij druk te maken om wat dan ook. Het water van de plas klotste tegen de walkant, de bootjes aan de steiger dobberden soms wild. Zware wolken-partijen zorgden voor een afwisselend, dramatisch uitzicht, zoals op schilderijen van Ruysdael en tijdgenoten. We hadden onze stoelen zo gezet dat we beiden recht voor ons uit konden kijken, richting water en wolken, de benen gestrekt, de armen over elkaar, beiden een beetje onderuitgezakt. De opzet van het eerste deel hadden we onderweg doorgenomen. We waren nu toe aan het vervolg. Maar haast hadden we niet.

Soms keek ik naar Abe die voor zich uit staarde. En ik reali-seerde mij dat je een ander nooit kunt doorgronden. Even was ik diep getroffen toen hij vertelde over zijn wandelingen in Massachusetts. Steeds als iets hem raakte, een uitzicht, vlam-mende bomen in de herfst, had hij de behoefte dat aan mij te vertellen, zei hij. 'Ik vertelde het ook aan jou. Soms was het net of je naast mij liep'. Hij zei het terloops, alsof het de gewoon-ste zaak van de wereld was. En even terloops, bijna binnens-monds, zei ik dat ik dat herkende.

De ruim twintig jaar dat wij elkaar min of meer hadden ver-waarloosd speelde geen enkele rol meer. Ik had eens gelezen dat veel emigranten de aangeleerde taal op latere leeftijd weer kwijtraken en terugvallen op hun moedertaal. Zoiets moest het zijn met ons. Niet dat we het steeds over vroeger hadden. Beslist niet. We hadden het voornamelijk over nu, over wat ons onderweg opviel, over de opzet van de roman.

We wandelden in het heden, maar de toon was van toen.

Waar kwam Abe's betrokkenheid bij mijn verhaal vandaan? Nu hij zichzelf tot redacteur had aangesteld, voelde hij zich ook verplicht met voorstellen te komen. Het boek moest niet al te dik worden, daar leende het gegeven zich niet voor. Een flinke novelle of een kleine roman, dat leek hem de juiste omvang. Idealiter zou het drama zich binnen een weekend moeten voltrekken. In Lochem. Eenheid van tijd, plaats en handeling. Doordat de werkelijke gebeurtenissen in dienst stonden van het drama dat Abe voor ogen stond, vervreemdde ik van mijn eigen verhaal. En dat was wel prettig. Mijn recente verleden werd de inzet van een spel. Andere mannen gingen samen golfen, tennissen of vissen. Wij trokken erop uit om een tragedie te componeren.

Na een half uur op het terras, zonder dat iemand ons was komen storen of een bestelling had opgenomen, verplaatsten we ons naar binnen waar het druk was met uitrustende wandelaars. Een levendige, bijna uitgelaten stemming van mensen die zich hadden laten uitwaaien. We bestelden een fles rode wijn en ieder een salade niçoise. We waren toe aan de vraag wat de schrijver kon ondernemen om zijn partner niet te verliezen en tevens zijn minnaar te behouden.

Het werd een bijzondere middag. Terwijl we dronken, Abe minder dan ik, sprongen wij lichtzinnig om met het lot van de drie mannen. Het moest niet goed met hen aflopen, daarover waren we het eens. Na verschillende scenario's te hebben doorgenomen, kwam Abe met een voorstel waar ik mij bij neer moest leggen.

'Weet je wat we doen?' Abe keek mij aan met een blik in

zijn ogen die weinig goeds voorspelde. 'De schrijver organiseert een ontmoeting tussen partner en minnaar, tijdens een weekend in Lochem. Hij sluit niet uit dat zijn partner begrip zal kunnen opbrengen voor zijn verliefdheid en hem daarvoor alle ruimte zal geven. Misschien, denkt hij hoopvol, misschien kunnen we iets met zijn drieën beginnen. Dat zou de ideale oplossing zijn. En dat is de fout die hij maakt. Een inschattingsfout. *Hamartia* noemt Aristoteles dat. Het is de fatale zet van de protagonist die zijn ondergang inluidt.'

Ik luisterde geboeid. Tot nog toe kwam het verhaal mij bekend voor. Ik was benieuwd welke gruwelijke verrassing Abe in petto had. Waar stevende hij op af?

'Maar dat weekend gebeurt er iets totaal anders dan wat de schrijver voor ogen staat.' Abe vertraagde het tempo om de spanning op te voeren. 'Vanaf het eerste moment dat zij elkaar zien, vallen de partner en de student voor elkaar. Met die mogelijkheid heeft de schrijver totaal geen rekening gehouden. De partner en de student zijn voor elkaar geschapen. En de schrijver staat er buiten. Hij heeft alleen maar een rol gespeeld in het uitvoeren van een plan dat voorbestemd was gerealiseerd te worden. Bovendien heeft die buitenlandse student, die hoogstwaarschijnlijk uit is op een verblijfsvergunning, meer aan een jurist dan aan een schrijver.'

'Au,' zei ik, 'dat doet pijn.'

'Fictie moet ook pijn doen.'

Ik schoot in de lach en zei: 'Ben jij de eerste die met deze interessante stelling komt?'

'Aristoteles was mij voor. Als Oedipus hoort dat de pest in Thebe is uitgebroken omdat de moordenaar van de oude koning nooit is opgespoord, gaat hij tot actie over. Hij roept iedereen op die maar informatie kan verschaffen over de ware toedracht van die moord. Het resultaat van zijn onderzoek is dat hij ontdekt zelf de dader te zijn. Hij en zijn hele huis gaan ten onder. De toeschouwers hebben op het puntje van hun stoel gezeten. Zij ondergaan de gevoelens die horen bij een ramp die anderen treft: medelijden en vrees. Ze verlaten het theater, beklemd maar ook opgelucht. Voorlopig zijn zij gespaard. Dat is wat Aristoteles *Katharsis* noemt. Emotioneel word je gereinigd.'

Ik schonk nog eens voor mijzelf in. Abe mocht niet meer drinken omdat hij moest rijden.

'Ja, Oedipus,' zei ik, 'maar nou noem je ook iemand. Je wilt mij toch niet vergelijken met Sophocles.'

Ik was wel in de stemming om flink door te drinken. De herfst kwam nu pas goed op gang. Het dronk fijn als er buiten een stevige wind tekeerging. Eigenlijk moest het nu hard gaan regenen. Wijn was uitgevonden om het moment te verhevigen, en verleden en toekomst lam te leggen. Ik boog mij voorover, legde mijn hand op die van Abe en zei: 'Oedipus was een koning, weet je wel, die held van ons is hoofd van de afdeling voorlichting van de gemeente geweest.'

'Maar dat is juist prachtig. Niet te laag en niet te hoog. Iedere lezer kan zich met zo'n man of zo'n leven identificeren. Het leven van die twee heren moet er gaaf, verantwoord en smaakvol uitzien. Een huis in Amsterdam, een boerderijtje in de Achterhoek, wat wil je nog meer? En dan haalt die schrijver die student hun leven binnen. Dat kan niet goed gaan, denkt de lezer. En men verwacht niet anders dan dat het keurige boerderijtje van die twee keurige heren in vlammen op zal gaan.'

Abe leek er steeds meer schik in te hebben.

'Katharsis,' zei ik en pakte de fles op.

'Katharsis,' bevestigde Abe, en hield zijn hand boven zijn glas.

18

In een stad als Amsterdam maalde het leven de hele dag en avond non-stop door. Toch was de sfeer op het Rokin nu anders dan twee uur geleden toen ik Teun en Hannah het gebouw van *Arti et Amicitiae* had zien binnengaan. De meeste winkels en warenhuizen waren dicht, restaurants stroomden vol. Men was op weg naar huis, theater of afspraak. De meeste mensen waren waar ze moesten zijn.

Het licht achter de drie ramen aan de overkant was, naarmate ik langer bleef staan, sprookjesachtiger geworden. Een gelig, fonkelend licht dat van de kroonluchters moest komen. Het was of de afstand tussen het gebouw en mij groter en groter werd. Alsof er geen straat maar een steeds breder wordende rivier tussen ons was.

Maar als ik de straat overstak zou ik zo naar binnen kunnen gaan. Niemand die mij dat kon verhinderen. De deuren stonden wagenwijd open en er was geen portier. Waarschijnlijk zou ook niemand raar opkijken, ook Duco Deen niet. En toch zou ik de drempel zonder uitnodiging op zak nooit kunnen overschrijden. Hoewel ik mijzelf steeds voorhield dat ik weg moest, naar het Centraal Station, bleef ik staan. Misschien wilde ik tot op de bodem het verschil proeven tussen wat het betekende bij dat feestende gezelschap te horen en er buiten te staan. Ik wist hoe het er daar aan toeging. Hoe je net zo lang door de op elkaar gepakte massa cirkelde tot je op een bepaald moment met enkelen bij elkaar bleef. Verleden jaar had ik zo gestaan met Teun en Hannah Westerdijk bij wie zich een bekende schrijver en zijn nieuwe vrouw hadden aangesloten. Ik wist nog precies hoe ik mij had gevoeld. Uitverkoren. Ik was geen bekende schrijver, maar ik hoorde erbij. Daar ging het om. We hadden het over alles gehad, grappen gemaakt, geroddeld, gelachen, en geen woord gewijd aan literatuur. Maar ik hoorde bij Ypsilon, de uitgeverij die bekend stond om de verzorgde vormgeving van haar boeken.

Maar mijn boek, *Een tragedie in de Achterhoek*, wat moest ik daar nu mee? De laatste drie maanden was ik heel doelgericht aan het werk gegaan. Met Abe had ik elk nieuw hoofdstuk doorgenomen. Hij sprak mij moed in als ik werd overvallen door de twijfel of ik wel met het juiste verhaal bezig was. Ik was nu toe aan het laatste hoofdstuk, dat ik eerst met hem had willen bespreken voordat ik het op papier zette. Het kon een spectaculair einde worden dat zich heel goed zou lenen voor verfilming.

De schrijver heeft de boerderij overgelaten aan de twee geliefden voor wie hij ongewild *postillon d'amour* heeft gespeeld. In Amsterdam wordt hij verscheurd door een jaloezie die gigantische proporties aanneemt, en hem het werken en slapen onmogelijk maakt. Op een zaterdagnacht rijdt hij in een vlaag van verblinding naar Lochem. Hoe opgewonden en verward hij ook is, hij vergeet niet de sleutels van de boerderij mee te nemen. Tijdens de rit gaan er krantenberichten van passiemoorden door zijn hoofd. Een bijl! Messen! Een hamer! Koolmonoxide! De op de oprit geparkeerde donkerblauwe Saab brengt hem op een idee. Hij gaat de boerderij binnen en vindt de autosleutels op de vertrouwde plek. Uit de bijkeuken neemt hij een stofdoek mee en drenkt die in de benzinetank van de Saab. Gaat weer naar binnen, vindt lucifers. Heel even dringt tot hem door wat hij doet, als zijn blik valt op de foto naast de openhaard: twee gelukkige, lachende jonge mannen in zwembroek onder een waterval. Dan werpt hij het brandende vod op de driezitsbank voor de open haard. Als de bank eenmaal brandt, verlaat hij de boerderij, loopt naar de auto en rijdt hard weg. Veel te hard voor een provinciale weg met lindenbomen aan beide zijden.

Hoe spectaculair zou het zijn als ik nu inderdaad een steen zou pakken en door een van de ruiten van *Arti et Amicitiae* zou smijten. Mijn actie zou onherroepelijk de krant halen: *Miskend auteur jaagt literair Nederland de stuipen op het lijf.*

Even overwoog ik mijn nieuwe Italiaanse vrienden achterna te gaan. Maar de vriendelijke doch strenge ogen van de Siciliaanse politieman weerhielden mij. Nee, richting Centraal Station, niet om *voor* maar eventueel wel *in* een trein te springen.

19

Het moment dat ik de brasserie op het eerste perron binnenstapte wist ik dat ik de juiste beslissing had genomen. Hier was leven, lawaai, beweging. Er werd druk gepraat, de opwinding van mensen die elkaar nog iets willen zeggen voordat ze op reis gaan. Ook ik ging op reis, al wist ik nog niet waarheen of wanneer. Ik had geen idee waarom de ruimte met de hoge zoldering zo schaars verlicht was. Zoals ik ook nooit had begrepen waarom er een witte kaketoe in de buurt van de tap zat, die af en toe doordringend krijste.

De prettigste plek vond ik de banken tegen de muur. Daar stonden kleine tafeltjes, geschikt voor twee personen. Maar meestal werden ze bezet door solitairen, voor wie het overzicht een alternatief was voor gezelschap. Tot mijn vreugde zag ik dat er een plek bij de muur vrij kwam. Toen ik ernaartoe liep, stond de man aan het tafeltje links daarvan plotseling op. Hij hief zijn linkerarm in de lucht, als om mijn aandacht te trekken, met een brede glimlach op zijn gezicht. Ineens liet hij zijn arm zakken, zijn mond ging dicht en zijn ogen drukten verslagenheid uit. Hij leek in de war en bleef staan. Ik begreep dat er sprake moest zijn van een misverstand. Voordat ik ging zitten zei ik: 'U zag mij even voor een ander aan.'

De man keek terug met een zekere schrik in zijn opvallend bruine ogen, zonder iets te zeggen, alsof hij zijn vergissing nog moest verwerken. Zijn lippen bewogen alsof hij naar woorden zocht. Onhandig trok hij zijn broek op.

Het was een rijzige, slanke heer. Oud, zag ik nu; hij moest

zeker in de tachtig zijn. Hij was echt in de war, alsof hij nog steeds niet begreep hoe hij zich zo had kunnen vergissen.

'Het is hier ook zo allemachtig donker,' zei ik terwijl ik mijn rugzak afdeed en mijn jack uittrok.

We gingen allebei zitten.

We konden niet meer doen alsof we niet voor elkaar bestonden. Wilde je aan deze tafeltjes, die dicht bij elkaar stonden, je anonimiteit bewaren, dan moest je je strikt houden aan de ongeschreven regels van het restaurantwezen. Je kon hooguit even knikken of glimlachen als je ging zitten, maar daar moest je het bij laten, wilde je niet in gesprek raken met iemand in wiens leven je totaal niet geïnteresseerd was.

De oudere heer leek nog steeds beduusd, alsof hij een klap op zijn hoofd had gehad. 'Ik ben benieuwd met wie u een afspraak hebt,' zei ik lachend.

De door de dikke brillenglazen verkleinde ogen namen mij op en er streek een grijns over zijn gezicht. Een glimlach zegt meestal niet zoveel maar een grijns kan gelaagd zijn; dit was een gelaagde grijns die iets te raden overliet waardoor ons contact onwillekeurig iets persoonlijks kreeg. Maar ook iets onhandigs, want wat moesten we op deze plaats met toenemende intimiteit?

Uit mijn rugzak pakte ik de dikke paperback met teksten van Seneca, bladerde er wat in, bleef soms langer bij een passage stilstaan alsof ik mij in de tekst verdiepte, maar niets drong tot mij door. Ik voelde de onrust van de man naast mij die om zich heen keek. Door een vergissing van zijn kant was ik bij zijn persoonlijke omstandigheden betrokken geraakt. Hij wachtte op iemand. Maar op wie? Zijn zoon? Een familielid?

Op zijn tafeltje lag *Vrij Nederland*. Hij droeg een bruin wollen vest en daaronder een bruin geblokt overhemd. Aan zijn rechterhand zat een trouwring. Wat voor een man kon het zijn? Hij las *Vrij Nederland*, was sober gekleed, naast hem op de bank lag een zwartleren aktetas met koperen sloten, versleten. Hoofdredacteur van een dagblad geweest? Geen bankdirecteur. Politicus zou ook nog kunnen, of burgemeester. Een krachtig hoofd met indringend kijkende ogen, een hoog voorhoofd. Het dunne haar lag plat over de schedel alsof het erop geplakt was. Een gezicht door de tijd aangetast, maar geen ruïne of bouwval. Hij keek op zijn horloge en vervolgens naar de ingang. Hij moest iemand zijn die van slag raakte als de dingen niet zo gingen als afgesproken. Ja, hij moest leiding gegeven hebben, vergaderingen voorgezeten, mensen eraan hebben herinnerd wat hun taak was.

Vrij Nederland werd opzijgeschoven voor een glas wijn en een kom soep. De ober richtte zich daarna tot mij. Ik bestelde een karaf witte wijn, soep van de dag, en brood met kroket.

De man naast mij begon aan de soep, geconcentreerd, bijna gulzig, zonder op of om te kijken.

Ik bladerde weer in Seneca en probeerde hier en daar iets te lezen. *Daarom moeten juist de gelukkigste mensen wensen te sterven, omdat bij een zo grote onbestendigheid en wisselvalligheid alleen dat zeker is wat voorbij is.* Een op het eerste gezicht krankzinnige uitspraak waar ik toch over na moest denken. Je kon de uitspraak ook omkeren: daarom moeten juist de ongelukkigste mensen wensen te leven. *Maar, zoals ik al zei, het is draaglijker en gemakkelijker niet te krijgen dan te verliezen en daarom zul je zien dat zij naar wie de fortuin nooit heeft omgekeken, opgewekter zijn dan zij die ze in de steek heeft gelaten. Diogenes, een man met een geweldige sterke geest, zag dit en zorgde ervoor dat hem niets afgenomen kon worden.* Toen de ober ook voor mij de soep bracht, legde ik de paperback aan de kant. *Freedom is just another word for nothing left to lose.* Janis Joplin had Diogenes op muziek gezet. Eric had meteen de eerste nacht indruk op mij gemaakt met zijn geweldige verzameling lp's. *But, I'd trade all of my tomorrows / For a single yesterday.*

De man naast mij had zijn soep op en de kom werd meegenomen.

Ik registreerde dat mijn buurman steeds naar de ingang keek, en het tijdschrift nog altijd ongelezen liet. Toen ik ook de soep op had, ging ik rechtop zitten en keek met een glimlach even opzij.

Mijn buurman keek met de mij vertrouwde grijns eerst naar mijn boek en vervolgens naar mij. Ik glimlachte terug ten teken dat ik zijn grijns begreep: Seneca was misschien iets te geleerde kost voor een stationsrestauratie.

Ik wees op de paperback en zei: 'Ik ben bij een lezing over Seneca geweest. Vandaar.'

Hij keek mij met zijn priemende ogen aan en weer verscheen die milde grijns.

'Ja, dat weet ik,' zei hij.

'Hoe weet u dat?' vroeg ik verbaasd.

'U was bij de lezing van Abe Stam. U moet goed bevriend met hem zijn.'

Hij lachte alleen met zijn ogen, een lach van iemand die er plezier aan beleeft een bewijsstuk achter te houden.

'Ik neem aan dat professor Stam niet iedere cursist omhelst bij het afscheid nemen. Ook classicus?'

Ik schudde mijn hoofd. Ook ik kon iets achterhouden.

'Geïnteresseerde leek?'

'Patiënt,' zei ik.

Hij had wat je noemt intelligente ogen waarmee hij heel slim kon lachen. Ook die lach had laagjes. Hij stelde het onverwachte contact op prijs, zag ik. Ik was een alternatief voor het bezoek dat het af liet weten. Zoals ik hem een context probeerde te geven aan de hand van enkele gegevens, zoals *Vrij Nederland*, zijn vest en trouwring, zo onderzocht hij mij.

'Ik zag jullie samen uit de kerk komen. Ik wachtte aan de overkant. Ik had een afspraak met hem.'

'We zijn jeugdvrienden,' zei ik.

Voor een gesprek zaten we wat onhandig. Bijna had ik voorgesteld tegenover hem te komen zitten. Maar het was beter zo, we waren buren, geen vrienden. Bovendien kon de man met wie hij een afspraak had nog komen. Deels hoopte ik dat, om te zien met wie hij mij verwisseld had. Maar dan zou het contact verbroken worden en dat zou jammer zijn.

'En u bent vast een collega van professor Stam.'

'Ik zal mij even voorstellen,' zei hij, en stak zijn hand uit. 'Benno Bavinck.'

Ook ik zei mijn naam.

'Nee, ik ben geen collega. Ik ben rector van een gymnasium geweest en zit met Abe in de redactie van een tijdschrift. Vanmiddag was er na afloop een vergadering.' Hij wachtte even en haalde diep adem. Weer keek hij in de richting van de ingang. 'Ik woon in Leiden. Dit is een plek waar ik graag met iemand afspreek.' Hij keek op zijn horloge. Een streng iemand als het om afspraken ging.

'U kunt van mijn mobiel gebruikmaken als u wilt bellen.'

'Geen sprake van.'

Ik schrok van de verontwaardigde toon. Een autoriteit die niet accepteerde dat er met afspraken gesold werd. Het kwam blijkbaar niet in hem op dat die ander iets overkomen kon zijn.

'En jij,' zei hij, 'je bent geen classicus, maar dan blijft er nog heel veel over wat je wel kunt zijn.'

Welk antwoord moest ik hem geven? Ik kon zeggen dat ik bij de gemeente had gewerkt en het daarbij laten. Er was niets op tegen maar het was niet eerlijk. Ik was geen voorlichter meer en ik besteedde nu al mijn tijd aan schrijven. Dus vertelde ik dat ik bij de gemeente op de afdeling voorlichting had gewerkt en mij nu toelegde op schrijven. Romans, voegde ik eraan toe, met een gevoel alsof ik mij uit moest kleden voor een dokter. Ik zag aan de kleine ogen achter de dikke brillenglazen dat hij mijn naam aan een boektitel probeerde te verbinden. Voordat hij iets kon vragen zei ik dat er drie romans van mij waren uitgegeven maar dat niemand ze kocht. Dat het aantal lezers in plaats van toe te nemen alleen maar afnam. Ik noemde de naam van de uitgeverij om toch enig cachet aan mijn onbekendheid te geven.

'Mijn moeder schreef,' zei hij op een toon die een vervolg aankondigde. Weer die kwaadaardige grijns van een intelligente sater. 'Historische romans die zich afspelen in christelijke kring en vaak uitlopen op de bekering van de hoofdpersoon. Ze schreef ook een enkel kinderboek. Voor één jongetje sta ik model; hij kucht steeds. Als kind had ik astma.'

Onze ober moest een man zijn die goed in de gaten hield wat er in zijn werkgebied gebeurde. Hij kwam eraan met zowel mijn bestelling als die van mijn buurman, zette eerst de ene en toen de andere neer en wenste ons een prettige voortzetting.

Ik zei nog steeds aarzelend u maar nu hij bleef doorgaan met jij kon ik niet achterblijven.

'Mag ik je vragen wie degene is met wie je een afspraak hebt?'

Hij had net een hap genomen. Kauwend keek hij mij aan met een blik die niet kil was, maar je wel in de kou liet staan. Hij was duidelijk niet iemand die graag persoonlijk werd. Leerlingen moeten door de grond zijn gegaan onder die blik.

'Je zoon?'

'Dat is niet vragen, dat is raden.' Hij haalde hoorbaar adem en zei: 'Ik spreek regelmatig af met een ex-collega die in Amsterdam woont.'

'En die vaak verstek laat gaan.'

'Die zelden verstek laat gaan. Hij is er trots op dat hij geen agenda nodig heeft.'

Even aten we zonder iets te zeggen en toen pas viel mij op hoeveel lawaai er om ons was, van stemmen, van bestek op borden, van mensen die binnenkwamen en naar een tafel zochten. Een enkele keer had de witte kaketoe gekrijst. We waren beiden gelijktijdig klaar met ons gerecht. Ik leunde achterover.

'En jij,' zei hij 'op wie wacht jij?'

'Op niemand.' Zo puntig mogelijk vertelde ik over de shock die ik opliep toen ik ontdekte dat ik niet was uitgenodigd voor de nieuwjaarsborrel van mijn uitgeverij. Dat ik toen niet naar huis wilde en was gaan dwalen.

'Waarom zouden ze je geen uitnodiging hebben gestuurd? Je hebt toch drie boeken bij hen uitgegeven. Misschien is er iets niet aangekomen.'

'Ik denk het niet. Een half jaar geleden adviseerde mijn redacteur me eens een ander onderwerp te proberen, gezien het teruglopend aantal lezers. Hij is aangesteld om de bezem door de uitgeverij te halen. En ik ben waarschijnlijk een van de eersten die opgeveegd worden.'

'Je moest een ander onderwerp proberen?'

Zijn verbazing zat zowel in zijn ogen als in zijn stem, verbazing vermengd met spot. Het gaf mij moed.

'Ik schreef steeds over hetzelfde, zei hij, en het was een thematiek waar blijkbaar niemand op zit te wachten.'

'En die thematiek is?'

'Gemankeerde lovers. De formulering is van mijn redacteur. Gemankeerde erotische vriendschappen.'

'Gemankeerde erotische vriendschappen,' herhaalde hij met pauzes tussen de woorden. Hij trok zijn wenkbrauwen op. 'Wat moet ik daaronder verstaan?'

Ik vertelde hem over de roman die mijn vriendschap met Abe als onderwerp had. 'Abe was mijn eerste grote liefde, ik niet de zijne. Daar heb je het probleem in een notendop. We waren intens bevriend, veel te intens achteraf. In zekere zin was Abe ook verliefd op mij, maar niet op mijn lichaam. Voor hem had ik geloof ik geen lichaam. Het had een erotische vriendschap moeten zijn, dat zou in zekere zin logisch zijn geweest.'

'Interessant,' zei hij en wachtte even. 'Een interessant gegeven. De hoofdpersoon had gelukkig moeten worden, dat zou logisch zijn geweest, maar hij wordt ongelukkig. Gaat daar niet veel literatuur over, over alles wat in zekere zin logisch zou zijn geweest?'

Ik ging verzitten zodat ik niet steeds mijn hoofd in zijn richting hoefde te draaien. 'Jij denkt dat het een interessant verhaal kan worden?'

Ook hij ging verzitten, schuin naar mij toe. 'Dat je voor iemand op wie je verliefd bent niet als lichaam bestaat, terwijl je natuurlijk niets liever dan lichaam voor die persoon wil zijn. Ja, dat is wel een pittig gegeven.'

'Jij zou dat boek wel willen lezen?'

Hij keek mij strak aan. Ik wist zo goed als niets van hem af. Dat was het bijzondere en spannende van zulke ontmoetingen als met Benno Bavinck. Je zag het topje van de ijsberg. Je moest gissen naar wat onder water bleef. Wat had hij in zijn lange leven meegemaakt? Had hij kinderen, kleinkinderen, vrienden? Alleen de ring aan zijn rechterhand liet iets meer los.

'Het schijnt een algemeen verschijnsel te zijn dat je bij het klimmen der jaren steeds minder geïnteresseerd bent in fictie, in de verzonnen verhalen van anderen. Waarom dat zo is weet ik niet maar voor mij gaat dat ook op. Ik lees nu een boek van een psychiater die als jongeman in Auschwitz heeft gezeten. Dat boeit mij. Waarom wil je zelfs in de hel overleven? Waarom stort je je niet onmiddellijk in het prikkeldraad? Dat boek is een antwoord op die vraag.' Hij keek voor zich uit en wachtte even. 'Maar die roman van jou, die moet je sowieso afmaken.'

'Waarom?'

'Je bent er niet voor niets aan begonnen.'

'Ook als er geen uitgever voor is?'

'Voor wie schrijf je eigenlijk, dat is een interessante vraag. Hoeveel lezers heb je nodig?'

Ik vertelde dat ik Philip Roth ooit in een interview had horen zeggen dat je er zeven nodig had.

'Zeven lezers,' herhaalde hij en bleef even stil. 'Interessant. Het gaat er maar om of je publiekelijk wil bestaan of niet. Om als schrijver publiekelijk te bestaan heb je meer dan zeven lezers nodig, lijkt mij. Alleen als je in een maatschappij leeft waar een bepaald soort literatuur verboden is, en dus alleen ondergronds kan bestaan, dan kunnen zeven exemplaren voldoende zijn. Publiekelijk besta je als er in bepaalde kringen over je wordt gepraat. Als je het begrip publiek laat vallen is één lezer voldoende. Je schrijft een roman zoals je een brief schrijft. Op een brief kun je ook je best doen, of op een lied of een toespraak. Als je een roman beschouwt als een brief is één lezer voldoende.'

Bij de getalenteerde ober bestelden we koffie. Voor hem hoorden we nu echt bij elkaar.

'Je kent de schrijver Salinger natuurlijk,' zei hij. 'Ik las een tijdje geleden in een artikel dat hij in een interview ooit had gezegd hoe heerlijk het was om niet te publiceren. Hij schreef wel, maar publiceerde niet meer. Hij gebruikte het woord "vrede". Er was vrede over hem gekomen.'

De koffie kwam. Uit het zakje van zijn overhemd haalde hij een klein doosje met zoetjes waarvan hij er een in de koffie deed.

'Maar goed, je bent met die roman niet verder gegaan. Geen gemankeerde lovers meer.'

Uit de manier waarop hij 'gemankeerde lovers' uitsprak, bleek weinig waardering voor de redacteur.

'Nee,' zei ik, 'nee, en ook geen gemankeerde erotische vriendschappen meer.'

'Jammer,' zei hij.

We zeiden even niets.

Onze toevallige ontmoeting was aan een afronding toe. Zijn ex-collega zou niet meer komen en hij moest de trein naar Leiden halen. Ineens kwam er een krankzinnig plan in mij op. Het was eigenlijk geen plan. Het was een verhaal dat ik bedacht. In dat verhaal stelde ik hem voor met hem mee te gaan naar Leiden. Gewoon, een weekend uit Amsterdam weg, met hem doorpraten over romans en lezers. Even zou hij overrompeld zijn, maar daarna zou vast toestemmen.

'Dat verhaal over Abe en jou, dat knaagt niet meer aan je? Je hebt er afstand van gedaan?'

'Ik heb er afstand van genomen, dat is iets anders. Ik ben aan iets anders begonnen.' En ik vertelde dat ik het advies van de redacteur toch maar had opgevolgd en het laatste half jaar gewerkt had aan een heel ander verhaal. Daarbij was ik zowel geïnspireerd als geholpen door Abe. Aan het verhaal lagen mijn eigen ervaringen van het afgelopen jaar ten grondslag. Het ging over een soort driehoeksverhouding, vertelde ik. Dat Abe mij erop had gewezen dat ik die gebeurtenissen kon zien in het licht van een Griekse tragedie. Omdat mijn buurman classicus was durfde ik de termen *hamartia, anagnorisis* en *peripetie* wel te gebruiken.

Hij pakte zijn aktetas en zei: 'Klinkt erg hoogdravend.'

Ik dacht even door de grond te gaan en vroeg mij af of ik hem ter verklaring niet wat meer moest vertellen. Hij deed het ongelezen tijdschrift in de aktetas.

'Ik zou iets over het verhaal kunnen vertellen maar dan raakt deze avond wel erg uit balans. Jij weet dan heel veel van mij terwijl ik zo goed als niets van jou weet.'

'Is dat niet het lot van de schrijver?' Uit de aktetas haalde hij een kaartje dat hij mij overhandigde. 'Ik zou mijn leven met de beste wil van de wereld niet in het licht van een Griekse tragedie kunnen zien. Ook niet met behulp van Abe. Ik ben sinds twee jaar weduwnaar, heb twee dochters en zes grote kleinkinderen. Ik voel mij een gezegend mens. De Griekse tragedie gaat niet over mensen zoals wij.'

Hij wachtte even en keek met uitgestoken nek om zich heen, alsof hij er rekening mee hield dat zijn afspraak toch nog kon binnenkomen.

'Ik zou het leuk vinden nog eens met je te praten. Als je wilt kun je me eens opbellen voor een afspraak. Ik kom regelmatig in Amsterdam. Ik spreek graag hier af. Drie van mijn kleinkinderen studeren hier.'

Hij ging staan en leunde met beide handen op het tafeltje als iemand die moeite heeft zijn rug te rechten. Ook ik stond op en moest mij inhouden hem niet te helpen bij het aantrekken van zijn jas.

'Ik blijf nog even,' zei ik.

We stonden tegenover elkaar.

Hij legde beide handen op mijn schouders, bleef zo staan en zei met enige nadruk: 'Makker, het ga je goed.'

Ik merkte dat ik een rode kop kreeg. Makker, wie zei dat nog?

'Je weet het,' zei hij, terwijl zijn handen op mijn schouders bleven liggen, 'je hebt maar één lezer nodig. Laat die tragedie maar liggen. Gemankeerde lovers zijn we allemaal, dat is een interessant gegeven. Laat je niets wijsmaken.'

We bleven elkaar aankijken. Even het duizelingwekkende besef een leven binnen te kijken. Dit leven, van deze man.

Het lag op mijn lippen om te zeggen: Moeten we elkaar niet omhelzen?

Hij liet mij los, pakte de aktetas van het tafeltje, draaide zich om en liep, zonder om te kijken, naar de uitgang.

Hij hinkte een beetje.

Ik ging weer zitten en bekeek het kaartje. Dr. B. J. R. Bavinck. Adres, telefoonnummer, e-mail. Ik kon hem het verhaal van Abe en mij opsturen, in afleveringen. Maar eerst zou ik hem een uitvoerige brief schrijven.

20

Dr. B.J.R. Bavinck was nog maar net verdwenen of de klap van de nieuwjaarsreceptie kwam ongenadig hard terug. Er opende zich even een groot zwart gat dat zich gelukkig vulde met het vooruitzicht op de *spaghettata*.

De zaterdagavond was altijd het hoogtepunt van de week geweest, of we nu met vrienden aten, naar een voorstelling gingen of thuis bleven. De hele dag was een voorbereiding op de avond waar ik naartoe leefde. De avond was een aankomen in de haven van de week. Ik maakte een visschotel, zocht een wijn uit, stak kaarsen aan en na het eten rommelden we wat, luisterden naar muziek, lazen kranten en we sloten vaak af met het kijken naar een film op dvd. Abe had mij eens gezegd dat deze vrede mij te veel moet zijn geworden en dat ik die onbewust had willen tarten. Alles goed en wel, maar het resultaat was dat ik nu hier zat, alleen, op een zaterdagavond in de wachtkamer van een treinstation, zonder bestemming. De uitgeverij had mij laten vallen en Eric was vertrokken naar India.

Ik overwoog nog een karafje wijn te bestellen, maar misschien kon ik dat beter laten. Een glas kon ook. Ik sprak mijzelf toe dat ik als aankomend stoïcijn moest ophouden mij druk te maken over zaken waar ik geen enkele greep op had. Ik pakte het boek met teksten van Seneca, bladerde wat en las enkele door mij onderstreepte passages: *Toen onze Zeno hoorde dat heel zijn bezit in de golven was verdwenen bij een schipbreuk, zei hij: 'De fortuin geeft mij opdracht mij nog onbekommerder aan de filosofie te wijden.'* Misschien sprak deze onverstoorbaarheid mij aan, omdat ik er geen enkel talent voor had. Wilde ik al iets in die richting bereiken dan zou ik uit Amsterdam weg moeten. Wat had ik te zoeken in een stad waar de zaterdagavond uit weggesneden was?

Ragusa. Ik wist er net genoeg van af om mij er iets bij voor te kunnen stellen en te weinig om mij door de werkelijkheid te laten ontmoedigen. Ik zag hoe ik zou wonen, aan de rand van Ragusa, in een klein huisje met een keuken, kamer en slaapkamer. Alle muren zijn witgesausd. Er moet zo weinig mogelijk in staan. Een bed in de slaapkamer, een grote tafel met enkele stoelen in de keuken. De tafel in de kamer staat voor een raam. Op de tafel liggen een stapel papier, pen, potloden. Een laptop zie ik niet maar die zou altijd nog aangeschaft kunnen worden. Er is een tuintje en heel in de verte is de zee te zien. Ik zou brieven kunnen schrijven, geen e-mails, maar brieven die je in een envelop moet doen en naar de brievenbus brengen en die via allerlei transportmiddelen hun bestemming bereiken. Zulke brieven.

De eerste die ik een brief schrijf is doctor Benno Bavinck. Makker Benno! zet ik erboven. Je kunt van God houden, je kunt van je hond houden en je kunt van Dr. Benno Bavinck houden. Ik houd van Dr. Benno Bavinck, het is een late epistolaire liefde. Ik schrijf een roman of essay in afleveringen, gericht tot één lezer. Ik ben mijn eigen redacteur en uitgever. Niet meer afhankelijk te zijn van het oordeel van anderen, en toch schrijven, en toch gelezen worden. Wat een vrede.

Ik zie ineens, heel duidelijk, dat ik mij in mijn schrijverschap heb vergist. Het is zaak de vergissing aan Dr. Benno Bavinck duidelijk te maken voordat ik hem wat dan ook ga schrijven. Dat ik mij vergist heb in mijn schrijverschap wordt mij als het ware geopenbaard aan de tafel in dat stille vertrek in Ragusa terwijl ik schrijf en af en toe opkijk naar die witgesausde wanden waarop niets te zien is.

Niets.

Het dramatische verhaal van de Chaldeeuwse koning Belsazar dat in het bijbelboek Daniël beschreven wordt, had altijd veel indruk op mij gemaakt. Tijdens een feestmaaltijd laat de licht benevelde koning op een bepaald moment de uit de tempel van Jeruzalem meegenomen heilige bekers komen om zijn gasten eruit te laten drinken. Terwijl ze uit de zilveren en gouden bekers drinken prijzen zij hun goden van goud en zilver, van brons, ijzer, hout en steen. Op dat moment verschijnen er op de muur van het feestvertrek, tot ontsteltenis van de koning en zijn duizend gasten, de vingers van een mensenhand die iets op het pleisterwerk van de wand schrijven, raadselachtige tekens die de koning niet kan thuisbrengen. De hevig onthutste koning roept alle bezweerders, magiërs en wijzen van Babylon naar het paleis om de tekens te vertalen maar er is niemand onder hen die ze kan duiden. In dit dramatisch opgebouwde verhaal grijpt vervolgens iemand in die niet aan de maaltijd heeft deelgenomen: de koningin. Zij weet dat er aan het hof iemand is die dromen kan uitleggen, raadsels oplossen en knopen ontwarren. Het gaat om de in ballingschap meegevoerde Daniël, in wie de geest van de heilige goden woont. De koning laat deze Daniël onmiddellijk komen, en inderdaad, Daniël duidt de tekens en voorspelt de ondergang van de koning, die dezelfde nacht nog sterft.

Ik zit in het stille vertrek, schrijf een lange brief aan Benno Bavinck. Af en toe kijk ik op naar de witgesausde wand, die wit blijft.

Vanaf mijn vroegste jeugd had ik geschreven: dagboekjes waarin ik keurig bijhield wat ik die dag had gedaan, en gedichtjes die ik aanvankelijk uit boekjes overschreef, en daardoor als van mijzelf beschouwde. Later schreef ik mijn eigen gedichten; geen verhalen, de verhalen kwamen later. Ik schreef aanvankelijk in grote onschuld, maar lang duurde die onschuld niet. Ik verloor de onschuld toen ik het verzamelde werk van de grote dichters in handen kreeg: Marsman, Achterberg, Nijhoff, Gorter, Slauerhoff. Dat waren dichters met een hoofdletter D. Zij hadden een oeuvre met een hoofdletter O. Ik schreef mijn kleine gedichtjes op mijn kleine kamer maar op een dag zou ook ik een dichter zijn met een hoofdletter D, die werkte aan zijn oeuvre met een hoofdletter O. Ik was mij er op het moment zelf misschien niet helemaal van bewust. Ik zat gebogen over het papier en deed mijn best er iets van te maken. Maar vaag schemerde wel ergens het besef door dat ik ooit net zo groot zou zijn als zij.

Het intieme tafereel op het schilderij *De heilige familie bij avond* van Rembrandt verbeeldt heel helder wat ik bedoelde. In een schemerig vertrek zit de heilige familie, aangevuld met Anna, de moeder van Maria. Anna houdt het wiegekoord in haar handen om de wieg waarin het kindje Jezus slaapt aan het schommelen te brengen. Maria leest voor uit een boek en Josef en Anna luisteren. De belichting op het schilderij is zo dat het hoofd van Maria wel drie keer vergroot als schaduw op de muur geprojecteerd wordt. Maria, verdiept als zij is in wat zij leest, merkt haar eigen schaduw niet op. Zo schreef ik, mijn hoofd gebogen over het papier, geconcentreerd, zonder op te kijken. Maar die uitvergrote schaduw was er wel degelijk. Toen ik later overging op proza en mijn eerste roman schreef veranderde de schaduw op de wand van een dichter met hoofdletter D in een schrijver met hoofdletter S, zoals Couperus, Vestdijk en Hemingway, om maar enkele namen te noemen. Aan dat schaduwbeeld moest ik voldoen, uiteindelijk, ooit. Maar nu ik toegang had tot het lege, kale vertrek in Ragusa en om mij heen keek, zag ik dat er helemaal geen schaduwbeeld was. De wand was wit en bleef wit. Daar zat ik, alleen, ik schreef en ik schreef en er was slechts één lezer aan de overkant: Benno Bavinck. Ik hoefde mij niet groter te denken dan ik was. En ik was gelukkig.

Ik had niets te zoeken op die nieuwjaarsborrel in *Arti et Amicitiae*. Hier zat ik, in de eersteklasrestauratie, en de enige schaduwen die ik nog mocht koesteren waren dromen. De droom dat ik een koffer bij mij heb waarin alles zit wat ik nodig heb en dat is heel weinig. Straks neem ik een trein, ik hoef niet ver te komen, Keulen is ver genoeg voor de eerste avond. Het moet er net iets anders ruiken, net iets anders uitzien. Daarna zak ik langzaam af naar het zuiden. Ik heb geen haast. Ik reis traag.

In maart, als het voorjaar doorbreekt, kom ik in Ragusa aan. Het land waar de citroenen bloeien. Ik haast mij naar Bar Sport, waar Andrea, de amandelogige, achter de bar staat. Hij is niet eens verbaasd, drukt mij aan zijn hart en belt zijn vrienden die direct komen om mij te begroeten. Nog dezelfde avond eten we bij Riccardo wiens vrouw zo'n heerlijke *capunata* kan klaarmaken.

Jezelf kun je niet veranderen maar je omgeving wel.

Dr. Benno Bavinck leest niet om zichzelf tegen te komen. Hij leest om mij tegen te komen. Ik krijg tranen in mijn ogen als ik dit bedenk.

Ik begon mij hier steeds meer op mijn plaats te voelen: klaar om te reizen zonder te vertrekken. Aan het tafeltje van Benno Bavinck was een vrouw komen zitten die een grote rolkoffer achter zich aan sleepte en niet had gereageerd toen ik even opkeek, klaar om haar toe te knikken. Dit was de juiste omgeving om te dromen over reizen en Ragusa. Ik wilde niet aangeschoten op de *spaghettata* aankomen en daarom bestelde ik nog een glas wijn in plaats van een karaf, en water. Ik had nog twee uur tot mijn beschikking.

21

Makker Benno! Nu de nacht het overneemt en het om mij heen zo stil wordt dat ik de zee in de verte hoor, schrijf ik je mijn eerste brief en voordat ik je het verhaal van Abe en mij ga vertellen, wil ik met je van gedachten wisselen over de liefde. Wat is dat, liefde? Wat weten wij ervan? Wat weet jij ervan? We hebben maar een schamel aantal woorden tot onze beschikking: liefde, verliefdheid, vriendschap en nog zo een paar die min of meer hetzelfde proberen te zeggen. Je kent waarschijnlijk wel die bekende lofzang op de liefde van de apostel Paulus. (Je achternaam doet erg protestants aan.) Als liefde niet ten grondslag ligt aan dat wat we doen, zegt Paulus, dan stelt het helemaal niets voor. *Al sprak ik de talen van alle mensen en die van engelen – had ik de liefde niet, ik zou niet meer zijn dan een dreunende gong of een schelle cimbaal. Al had ik de gave om te profeteren en doorgrondde ik alle geheimen, al bezat ik alle kennis en had ik het geloof dat bergen kan verplaatsen – had ik de liefde niet, ik zou niets zijn. Al verkocht ik al mijn bezittingen omdat ik voedsel aan de armen wilde geven, al gaf ik mijn lichaam prijs en kon ik daar trots op zijn – had ik de liefde niet, het zou mij niet baten.* Prachtig. Prachtig. *De liefde is geduldig en vol goedheid. De liefde kent geen afgunst, geen ijdel vertoon en geen zelfgenoegzaamheid. Ze is niet grof en niet zelfzuchtig, ze laat zich niet boos maken en rekent het kwaad niet aan, ze verheugt zich niet over het onrecht maar vindt vreugde in de waarheid. Alles verdraagt ze, alles gelooft ze, alles hoopt ze, in alles volhardt ze.* Schitterend. *Ons resten geloof, hoop en liefde, deze drie, maar de grootste daarvan is de liefde.* Allemaal heel mooi, maar dit is een lofzang op de liefde zonder meer, bovenindividueel, universeel, los van jou en mij in ons dagelijks bestaan. Nee, ik wil het met je hebben over de liefde in ons dagelijks leven, de liefde met haken en ogen, de liefde die ons kan overvallen als een plotseling opkomend onweer, die ons mee kan slepen, de zinnen doen verliezen, de deur achter ons doen dichttrekken, en die de moordenaar in ons wakker maakt.

Liefde, wat is dat? Wat weten we ervan?

Laten we ons een tafel indenken. Een tafel met in principe een oneindig aantal plaatsen. Een uitschuiftafel. Aan die tafel nodigen we de mensen uit van wie we (op de een of de andere manier) houden. Laten we om onze gedachten te bepalen eerst bij enkele tafels langsgaan. Aan de tafel van God, de God van apostel Paulus, de God die liefde is, is natuurlijk plaats voor iedereen, voor heiligen en hufters, *zij rekent het kwaad niet aan.* Maar voor wie is er plaats aan onze tafel, aan jouw tafel, aan mijn tafel? Laten we, voordat we op deze vraag ingaan nog één tafel aan een nadere beschouwing onderwerpen, de beroemdste tafel uit de westerse geschiedenis, de tafel waaraan Jezus met zijn twaalf discipelen zat, de avond voor zijn dood. We mogen aannemen dat wat deze dertien mensen met elkaar verbond de liefde was, liefde voor Jezus, liefde voor elkaar, de liefde van Jezus voor hen. Maar hoe zag die liefde eruit? Hield Jezus van iedereen evenveel? Hielden de discipelen evenveel van elkaar? Er is een onmetelijk verschil tussen de abstracte tafel van God, die niet aan aardse wetten gebonden is, en de concrete tafel waaraan Zijn Zoon met twaalf vrienden het Laatste Avondmaal viert. Die twaalf vrienden moeten een plaats krijgen en dan doet de vraag zich voor wie waar geplaatst moet worden. Wie mag er naast de gastheer zitten? Wie rechts van hem en wie links van hem? We weten dat er een discipel is die hij boven allen liefhad en die aan zijn boezem ligt die laatste avond.

Jezus had dus Johannes, want die moet het zijn geweest, boven alle andere vrienden lief. *Teacher's pet.* Hoe zag dat verschil in liefde eruit? Kusten zij elkaar, streelden zij elkaar? Sliepen ze samen? Waardoor onderscheidde Johannes zich van de andere vrienden? Door zijn zachte aard, zijn donkere ogen, zijn slanke lichaam, zijn scherpe geest, zijn vuur en vlam? Lieve Benno, is het niet schitterend dat de Zoon van God, hoezeer Paulus de liefde ook loszingt van de concrete werkelijkheid, een duidelijke voorkeur laat blijken? En dan is er nog een andere belangrijke vraag, want aan die tafel zit ook zijn verrader. Hield Jezus van Judas? En Judas, hield hij van Jezus (*each man kills the thing he loves*)? Wat dreef hem tot het verraad? Was hij jaloers op de bijzondere plaats die Johannes bij Jezus innam? Had híj aan diens boezem willen liggen? Dat lijkt mij heel aannemelijk. In een van de evangeliën wordt gezegd dat de duivel in hem voer. Is die duivel niet dezelfde als het *green-eyed monster*, zoals jaloezie in *Othello* wordt genoemd?

Liefde, wat weten we ervan?

In *De Kreutzersonate* van Tolstoj formuleert een vrouw, die tijdens een treinreis met twee mannen in gesprek is geraakt, een antwoord op deze netelige vraag: liefde is de exclusieve voorkeur voor één persoon boven alle anderen. De man die de hoofdpersoon van deze treinreis gaat worden, reageert met de vraag hoelang die voorkeur dan wel mag duren: een maand, twee dagen, een half uur? 'We hebben het duidelijk niet over hetzelfde begrip,' zegt de vrouw. 'O jawel, precies hetzelfde,' zegt de man beslist. Hij heeft lang genoeg over liefde kunnen nadenken tijdens de elf maanden van zijn voorarrest na de moord op zijn vrouw.

Aan jouw tafel zitten natuurlijk je twee dochters, hun partners, en je zes kleinkinderen. Jij kunt je tafel vullen met je familie. Maar wie zitten er nog meer? Nodig je míj uit? Laten we dit zien als een gezelschapsspel waarvoor we de regels gaan aanscherpen. In de eerste plaats beperken we het aantal gasten en nemen we het Laatste Avondmaal als model, wat betekent dat we maximaal twaalf mensen uitnodigen met wie we de avond voor onze dood etend en drinkend willen doorbrengen. En nu: welk selectiecriterium hanteer je? We nodigen mensen uit van wie we houden, zeiden we, maar is dat wel een helder criterium? Want hoe stel je de grens vast tussen houden van en niet houden van? Je hebt van zoveel mensen gehouden met wie je voor langere of kortere tijd hebt opgetrokken, klasgenoten, studiegenoten, collega's. Ik denk dat je de keuze vergemakkelijkt als je uitgaat van aantrekkingskracht. Wie verdraag je in je omgeving, wie zie je graag in een baan om je heen cirkelen? Jij bent de zon en van sommigen zou je willen dat ze heel dicht bij je staan, zoals Mercurius het dichtst bij de zon staat, en van anderen verdraag je dat ze zich aan de rand van je leven bevinden, maar allen maken onderdeel uit van je persoonlijk zonnestelsel.

Wie cirkelen er rond mij?

Ik doe mijn ogen dicht en zie op de wand van het kale vertrek een fresco als dat van Leonardo da Vinci. Ik zit in het midden; het is mijn laatste avondmaal en alle plaatsen om mij heen zijn bezet.

Eric zie ik, natuurlijk, en jij Benno zit er ook. Ja, ook Saïd, de jongen uit de driehoek over wie ik je vertelde, en Abe. Ik zie zowaar de drie dolende Sicilianen over wie ik je nog zal schrijven. Ze zitten wat verder weg maar wel zo dat ik de wimpers van de kleine Tommaso kan zien.

Op een bepaald moment, nadat er door iedereen voldoende gegeten en gedronken is, ga ik staan en spreek de tafel toe. Natuurlijk gaat mijn praatje over liefde, dat ik van ieder heb gehouden, van zowel Eric als Saïd, van bewimperde Tommaso en van filosofische Abe. Misschien ga ik verder en stel ik mijzelf de vraag in hoeverre de liefde die ik voor Abe voelde en voel verwant is aan de liefde die ik voor Eric voelde en voel. En wat is de overeenkomst tussen de liefde die ik voor de kleine Tommaso koester en die voor jou?

Ik hoef bij jou geen indruk te maken door aan te komen

met grote namen. Maar ik kom er niet onderuit om naar aanleiding van ons onderwerp Wittgenstein te berde te brengen. Om enigszins gelijke tred met Abe te houden las ik de boekjes van en over Wittgenstein die ik periodiek van hem cadeau kreeg. Wittgenstein toont aan dat wij een en hetzelfde woord kunnen gebruiken voor bezigheden die overeenkomstige eigenschappen hebben maar niet één essentiële eigenschap delen. De bezigheden waarvoor wij het woord 'spel' gebruiken zijn zo uiteenlopend dat er niet één gemeenschappelijk kenmerk is aan te wijzen. Je kunt niet zeggen dat het woord 'spel' duidt op verschijnselen die een kern (een essentie) gemeenschappelijk hebben. Er is wel een verwantschap tussen die bezigheden en vandaar dat Wittgenstein spreekt van 'family resemblances', 'Familienähnlichkeit'. Die verwantschap zonder gemeenschappelijk gedeelde 'kern' is te visualiseren door van de vier symbolen A, B, C en D er steeds drie te combineren:

ABC
BCD
ACD
ABD

Je deelt met ieder van de familie enkele eigenschappen maar er is niet een eigenschap die door ieder gedeeld wordt.

Wat Wittgenstein aantoont voor het woord 'spel', geldt ook voor een woord als 'liefde'. Tussen de gevoelens die met het woord 'liefde' aangeduid worden bestaat verwantschap maar er is niet één specifieke eigenschap die in alle gevonden kan worden. Vandaar dat iedere liefde uniek is, dat we, als we over liefde willen praten, een verhaal moeten vertellen, met alle omstandigheden waaronder de liefde tot stand kwam. Vanaf het allereerste begin dat mensen bij elkaar gingen zitten vertelt men elkaar verhalen en de meeste moeten over liefde zijn gegaan omdat de meeste verhalen nog steeds over liefde gaan.

Homerus besteedt twaalf zangen aan de vernietigende gevolgen van een oorlog, die losbreekt als Paris de beeldschone Helena schaakt en meevoert naar Troje. Aanloop en afloop van deze oorlog zijn de moeite van het vertellen waard.

Omdat zij, op overigens goede gronden, niet uitgenodigd is voor de bruiloft van Peleus en Thetis, weet de godin van de tweedracht haar reputatie waar te maken en het feestje aardig te verpesten. Op het hoogtepunt van het feest werpt zij een gouden appel tussen de bruiloftsgasten, met een inscriptie die de meest ambitieuze godinnen het hoofd op hol brengt: *voor de schoonste*. Drie godinnen, Hera, Athene en Aphrodite, eisen appel en oordeel op. Als geen van de drie bereid is toe te geven en zij er al ruziënd en bekvechtend niet uitkomen wie de appel toekomt, grijpt Zeus in. Hij laat het oordeel over aan de herder Paris. De drie godinnen presenteren zich zo gunstig mogelijk en bovendien stelt ieder van hen de onschuldige herdersknaap een bijzondere beloning in het vooruitzicht indien de appel aan haar toevalt. Hera zegt hem de heerschappij over heel Azië toe, Athene belooft hem roem en overwinningen op het slagveld en Aphrodite de hand van de mooiste vrouw op aarde. En die vrouw is Helena, de echtgenote van de Spartaanse vorst Menelaos.

Aan wie zou jij de appel hebben uitgereikt? En, *mutatis mutandis*, ik? Wat kan de heerschappij over heel Azië of roem op het slagveld ons schelen?

Liefde, of eredienst van de schoonheid.

Als de Grieken eindelijk na tien jaren strijd Troje innemen, trekt Menelaos in volle wapenrusting op naar het centrale plein van de stad waar Helena zich met enkele dames van het hof bevindt. Hij is gekomen om zich te wreken voor de schande die zij hem heeft aangedaan door te vluchten met de schone herdersknaap Paris. Als hij zijn zwaard uit de schede trekt, gereed om haar te doden, scheurt zij in een dramatisch gebaar haar kleren. Op het moment dat Menelaos haar borsten ziet, deinst hij terug, vol ontzag voor die verpletterende schoonheid. En hij steekt het zwaard weer in de schede.

Tolstoj vertelt het verhaal van Anna Karenina die man, kind en comfort verlaat en zich stort in het duister van de erotische opwinding. Ze komt los van haar dagelijkse bestaan en aanvankelijk vliegt zij hoog en vrij maar na verloop van tijd begeven haar vleugels het en Tolstoj laat haar genadeloos neerstorten. Hij spreekt geen oordeel uit. De val is geen straf. De val is het risico dat iemand neemt die het dagelijks leven achter zich wil laten om er bovenuit te stijgen. Hoe komt het dat Anna bereid is alles wat tot dan toe bij haar en haar leven heeft gehoord, achter zich te laten op het moment dat zij de jongere, knappe graaf Vronski ziet? Komt het omdat zij maar één leven heeft en weet dat zij op een dag dood zal gaan? De voorstelling wordt niet herhaald. Het is nu of nooit. *Geen tulp die tweemaal bloeit op deze akker*. En Anna kiest voor nu, en laat alles vallen, totdat zij zelf valt.

Het flamboyant begonnen maar fataal aflopende liefdesavontuur van Anna wordt in de roman afgezet tegen een parallelverhaal dat door de hele roman loopt. Het is het verhaal van de liefde die de grootgrondbezitter Konstantin Levin koestert voor prinses Katerina (Kitty). Na veel verwikkelingen weet Levin de aanvankelijk afhoudende Kitty voor zich te winnen. Voor hen geen hoge vlucht, maar de vlakte van het dagelijkse bestaan van luiers en lawaai dat beiden leren te accepteren als een zegen.

Anna Karenina, c'est moi.

De liefde kan komen in een oneindig aantal vormen en vermommingen. Soms komt zij als zwaan, soms als stier, maar ook als gouden regen kan zij binnendruppelen. Zeg eens Benno, jij met je gezegende leven, waar ik geen moment aan twijfel, ben jij nooit als door de bliksem getroffen door een oogopslag, wimpers, een houding? Heb je er nooit van gedroomd om in de armen te liggen van een leerlinge uit de hoogste klas? Ben je nooit gevallen, ook niet even, een weekend, twee weekenden, voor de nieuwe lerares Frans? Heb je nooit tegenover iemand gezeten in de trein die je wel zou willen omhelzen, zoenen tot je er duizelig van wordt?

Ik heb nog een mooi verhaal dat je vast niet kent en dat ik je niet wil onthouden. Voor mij zegt het alles over de liefde, hoe zij kan komen als een dief in de nacht. En dat we haar binnen moeten laten als ze komt en weer laten gaan als zij gaat.

In een drie uur durend interview dat hem in 1996 wordt afgenomen, vertelt de Italiaanse acteur Marcello Mastroianni uitvoerig over zijn leven, over de films waarin hij gespeeld heeft, de acteurs en regisseurs met wie hij heeft samengewerkt, over de rol die zijn moeder en zijn vijf jaar jongere broer in zijn leven hebben gespeeld. En hij vertelt met die prachtige, volle, rustgevende stem over een treinreis in de oorlog. Het is een verwarrende tijd van ellende, bombardementen, schaarste. De trein is overvol, overal zitten, staan en hangen mensen; in gangen, halletjes en compartimenten. Het is avond en om de zoveel tijd valt al het licht uit en reist men zonder een hand voor ogen te kunnen zien verder. Ook de coupé waarin Marcello een zitplaats heeft weten te bemachtigen is overvol. Zelfs in de krappe ruimte tussen beide banken staan mensen. De trein schudt en trilt, soms gaat men hevig heen en weer. Het licht valt weer uit. Op een bepaald moment schiet hij met zijn bovenlichaam naar voren en zijn hoofd raakt een ander hoofd. De twee hoofden blijven in elkaars omgeving als twee honden die elkaar in het duister besnuffelen, tot zij elkaars mond vinden en zich overgeven aan een kus die zo lang duurt als het donker, vele kilometers lang. Als de lichten weer aangaan ontstaat er zo'n commotie, verwarring en chaos dat hij niet ziet wie degene is met wie hij heeft gezoend. Deze ervaring in die trein is voor hem een erotisch hoogtepunt. Laten we haar onder liefde scharen, deze uitzonderlijke kus die hij nooit is vergeten en die een bijzondere plaats in zijn leven is blijven innemen.

Natuurlijk, de liefde is lankmoedig, goedertieren, ze is niet afgunstig, ze praalt niet, ze kwetst niemands gevoel, et cetera, et cetera, maar Paulus vergeet dat liefde ook is: iemand kussen in het donker zonder dat je ooit te weten zult komen van wie de lippen en de tong waren waar jij je aan overgaf. Is dat geen zuivere vorm van liefde?

En onze ontmoeting in de eersteklasrestauratie op het eerste perron was dat niet een vorm van geestelijk zoenen in een geestelijk donker? Ik vertel over een roman die zijn weg naar de lezer niet zal vinden en jij biedt je aan als lezer, heel subtiel, door je kaartje te geven en te zeggen dat één lezer voldoende is. Als dat geen liefde is. Zonder dat we ons dat realiseerden, vierden we onze *Gheestelike Brulocht* in een geestelijke darkroom.

22

Aan de achterkant van het Centraal Station ontplooide zich een totaal andere wereld. Aan de voorkant was licht en leven, trams, daar wachtte de stad met cafés, restaurants, theaters; aan de achterkant was het donker en onoverzichtelijk, daar legden ponten aan die je naar afgelegen delen voeren die nauwelijks nog tot de stad gerekend werden. Ik hield van die donkere waterkant, waar al jaren werkzaamheden werden verricht die de indruk wekten nooit klaar te zullen komen. Ik hield van de pont en van de mensen op de pont, een amalgaam van wat Amsterdam aan bevolking te bieden had. En ik hield ervan gedwongen enkele minuten samen stil te staan, niets te doen en voor je uit te kijken.

Met de menigte stroomde ik mee de pont op. Ik ontkwam niet aan de voor de hand liggende vraag naar ieders bestemming. Sommigen waren samen maar de meesten stonden alleen, een fiets aan de hand. Waren ze gelukkig, en op welke manier waren ze dat? Hoe woonden ze, en met wie? Wie zouden ze uitnodigen voor hun laatste avondmaal? Bij de deuren naar de voorplecht deed ik automatisch een stap terug. Heel even dacht ik Eric te zien staan. Hij kon het onmogelijk zijn en toch ging mijn hart tekeer. Dit was mij de laatste tijd vaker overkomen, dat ik hem ergens in de stad meende te zien. Hij kwam uit een winkel, stapte in een auto, zat in een café of restaurant. Hoewel de vergissing begrijpelijk was leken ze, als je goed keek, meestal helemaal niet op hem. Wel waren het altijd lange mannen, met een scherp gesneden gezicht, kort geknipt donker grijzend haar, in pak, soms met overjas, en altijd glimmende schoenen.

Hij was het niet, en hij had het ook niet kunnen zijn. Hij was niet in deze stad. Met dezelfde beslistheid waarmee hij voor mij had gekozen, die middag dat we naast elkaar zaten in de Oudemanhuispoort, had hij nu afstand van mij genomen, letterlijk.

De pont kwam met het vertrouwde bonken en schokken aan. De klep ging naar beneden en er stroomden meer mensen af dan erop kwamen. Ik kon nog met dezelfde pont mee terug maar besloot eerst een kop koffie te drinken in het café-restaurant aan de overkant van de weg. Binnen waren de meeste tafeltjes bezet door mensen die gedineerd hadden. Ik ging zitten bij het raam.

Eric wilde dat wij voorlopig afstand hielden. Dat had hij nodig, zei hij, afstand. We zaten in een restaurant op de Van Baerlestraat. Lunchtijd, een regenachtige dag, midden augustus. Na drie maanden gescheiden leven waren we toe aan een evaluatie. Ik had gehoopt dat die drie maanden voldoende waren om ons weer bij elkaar te brengen. Wat ik mij totaal niet had gerealiseerd was dat mijn avontuur met Saïd voor hem de fundamenten van onze relatie had aangetast. Ik was ervan uitgegaan dat ik eindeloos krediet bij hem had, en daarin had ik mij grondig vergist.

Het eerste wat mij aan hem opviel was de nieuwe bril. Een donker, hoornen montuur. *Persol.* We hadden brillen altijd samen uitgezocht. Ik complimenteerde hem en wist de vraag voor mij te houden of hij hem alleen had gekocht. Ik zat met mijn rug tegen de wand, hij op een stoel, rechtop, het menu opengeklapt voor hem. Het zwarte jasje open, een rode stropdas op een wit overhemd. Zo moest hij zitten tegenover cliënten voor wie hij een juridische strategie uitstippelde. Zijn afstandelijke houding maakte mij niet onzeker. Ik dacht nog steeds dat het goed zou komen. Ik vond hem knap en aantrekkelijk en ik zou zo weer verliefd op hem kunnen worden. Ineens viel mij de brede zilveren ring op, die wij ooit hadden laten ontwerpen en die ook ik nog droeg. Zolang hij die bleef dragen, was er hoop. In de grote spiegels aan de overkant kon ik ons zien zitten, zijn rug en achterhoofd, mijn gezicht. Ik zag er verfomfaaid uit. Ik had slecht geslapen, mijn handen voelden veel te warm aan, maar ik had goede moed.

Eric, die een witte wijn had uitgekozen, raakte in gesprek met de ober. De brasserie was niet ver van zijn kantoor en hij lunchte hier wel vaker. De hoge, lichte ruimte, met de smetteloos gedekte tafeltjes en de enorme spiegels tot aan het plafond, gaf mij altijd weer de indruk dat ik mij in de eetzaal bevond van een peperduur sanatorium in Zwitserland. Wij verbleven ver boven de werkelijkheid die we in het dal hadden achtergelaten. Ik leunde achterover en probeerde mij te ontspannen door de gasten naar inkomen en status in te delen. Schuin tegenover mij dronken twee mannen in pak, met het louche uiterlijk van vastgoedzwendelaars, grote glazen champagne. Zij waren even uit de onderwereld opgedoken om te kijken hoe het er boven ook weer uitzag.

Eric en de ober hadden het over een opera waar de ober enthousiast over praatte. Was Eric daar alleen naartoe gegaan? En zo niet, met wie? Ik probeerde niet te luisteren. Hij hoorde bij mij, dat moest ik hem duidelijk maken. Ik kende hem, ik kende zijn lichaam, ik wist hoe zijn huid aanvoelde, ik wist hoe zijn lichaam zich over kon geven aan mijn lichaam, ik keek dwars door het blauwe streepjespak heen en wist wat ik moest zeggen of doen om hem los te maken van pak, overhemd, stropdas.

Nadat de wijn was ingeschonken, hieven we het glas. Aan de blik waarmee hij het toosten begeleidde, zag ik dat dit geen lichte lunch zou worden. Ik nam een slok en wachtte af.

Zijn eerste vraag was of ik opschoot met *Oud-Loosdrecht*. Hij wist waarover het ging maar had nog niets gelezen. Ik vertelde dat ik zojuist een versie aan mijn nieuwe redacteur had opgestuurd en binnenkort een afspraak met hem zou maken. Ik had moeite mijn stem onder controle te houden. Hij kwam beter voorbereid hier dan ik. Ik hoopte alleen maar dat alles weer goed zou worden. Zand erover.

Nadat het voorgerecht was geserveerd, moest het eigenlijke gesprek beginnen. Terwijl hij de eerste zinnen uitsprak, langzaam, met enige nadruk, liep er een rilling over mijn rug. Voordat hij zijn plannen zou onthullen, wilde hij een reactie geven op de afgelopen periode. Nu er enige tijd was verlopen, had hij meer overzicht en was hij in staat alle tegenstrijdige gevoelens, zo goed en zo kwaad als dat ging, uit elkaar te halen.

Het was de toon. Tussen afstandelijk en ironisch in. Hier sprak niet de man met wie ik jarenlang in één bed had geslapen, hier sprak de jurist die na een grondige analyse van de zaak zijn cliënt duidelijk ging maken hoe zijn kansen lagen. Ik zat recht overeind en hield mijn wijnglas met beide handen vast. Ik kende deze toon. Hij maakte er gebruik van als hij het hartgrondig met iemand oneens was of zijn misprijzen wilde laten blijken over een in zijn ogen abject standpunt. Genadeloos en op bewonderenswaardige wijze scheurde deze uiterst redelijke en vriendelijke man zo'n opvatting dan aan flarden. Maar nu het mij betrof, nu hij met zijn scalpel mij ging opensnijden, huiverde ik. Ik zat klem en kon niet weg.

De afgelopen periode viel voor hem in twee delen uiteen en de grens vormde het weekend waarop hij van mij Saïd had moeten leren kennen. Hij had heel veel last gekregen van het halfjaar daarvoor, toen ik met Saïd dagelijks had gemaild. Het was pas later goed tot hem doorgedrongen dat ik er een parallelleven op na had gehouden. Ik was verliefd geweest zonder dat hij daar iets van wist of iets van te zien kreeg. We hadden dat halfjaar samen doorgebracht terwijl ik met mijn gedachten en gevoel bij iemand anders was. Je koesterde een ver- liefdheid alleen als je ontevreden was met je huidige situatie. Ik had hem zwaar belazerd, zo voelde hij dat. Met iedere zin die hij uitsprak, vergrootte de afstand tussen ons. Hij had zich verhard.

Toen het visgerecht op tafel kwam, onderbrak hij zijn be- toog om weer met de ober in gesprek te gaan, dit keer over de bereidingswijze van de forel. Dit was niet de Eric zoals ik hem kende. Ik had nooit kunnen bedenken dat wij ooit nog eens zo tegenover elkaar zouden zitten. Maar ergens in mijn ach- terhoofd dook de vraag op of dit niet een scène in een toneel- stuk was, die wij gedwongen waren te spelen, een rolverdeling waar we niet onderuit konden. Bedrieger en bedrogene. Nadat de ober vertrokken was, ging hij rustig verder.

De hele affaire met Saïd had hem van mij vervreemd. Je leefde met iemand, je dacht alles van die ander te weten, een eenheid te vormen en op een dag ontdekte je dat je totaal niet wist wat er in die ander omging. Je dacht het te weten maar je vergiste je. Dat ik af en toe verliefd werd had hij nooit een pro- bleem gevonden, dat hoorde blijkbaar bij mij. Dat die verliefd- heden altijd betrekking hadden op onbereikbare, heterosek- suele jongens maakte het natuurlijk makkelijker.

'Ik nam Saïd toch mee naar ons. Ik had gehoopt een drie- manschap te vormen. Ik wilde Saïd toch niet voor mij alleen.'

'Dat is wat ik het minst van je begrijp. Je was te laf om een echte keuze te maken. Je wilde opwinding met Saïd en zeker- heid en comfort bij mij. Als ik mijzelf iets kwalijk neem dan is het dat ik daar intrapte, dat ik aanvankelijk meeging.'

Eric hield even op om de ober de gelegenheid te geven de waaier aan nagerechten van kanttekeningen te voorzien. We namen beiden de aardbeienparfait.

Hij ging een tijdje uit Amsterdam weg. Hij had behoefte aan een helder hoofd.

Toen hij dat zei, 'een helder hoofd', voelde ik mij net zo

van hem vervreemd als hij had gezegd van mij te zijn. Dat was geen uitspraak voor hem. Het drong tot mij door dat een verhouding het voor een groot gedeelte moet hebben van vanzelfsprekendheden, vaste sporen. Wijk je daarvan af dan riskeer je dat die sporen uit elkaar gaan lopen om nooit meer samen te komen.

Vijf maanden ging hij weg. Een soort sabbatical. Een tocht maken door India, wandelen in Nepal. Over twee weken vloog hij naar Chennai waar hij enkele dagen zou blijven om daarna door te reizen naar Pondicherry en Auroville.

'Auroville?' zei ik geschrokken, 'Auroville?'

Ik beet op mijn lip. Daar zouden we toch samen naartoe gaan, wilde ik zeggen. In Auroville woonde zijn neef bij wie we nog geen drie jaar geleden ideale kerstdagen hadden doorgebracht.

Plotseling haatte ik hem, zoals je iemand kunt haten die je confronteert met iets wat jij nalaat. Zo was het altijd geweest. Eric bereidde iets heel goed voor en voerde het vervolgens uit. Om zo'n tijd bij zijn werk weg te kunnen had Eric natuurlijk alles heel goed moeten regelen en plannen. Ik liep rond met vage ideeën over grote reizen naar Zuid-Amerika of Nieuw-Zeeland maar organiseerde niets. Ik voelde mij verslagen. Ik stelde elke beslissing uit met als excuus dat ik eerst de roman af wilde maken.

'Wat neem je mij het meeste kwalijk?'

'Wat neem ik jou het meeste kwalijk,' herhaalde hij. 'Een goede vraag'. Hij legde mes en vork parallel aan elkaar op het bord en leunde achterover.

'Weet je, Wijnand, die hele affaire met Saïd, het stiekeme mailen, de dagen dat je met hem in Lochem doorbracht terwijl ik in de veronderstelling verkeerde dat jij daar zat te werken. Ik vind het allemaal heel erg miesj. Dat je mijn plaats in je leven tijdens die correspondentie verzweeg, vind ik een absoluut dieptepunt. Ook Saïd heeft je dat niet in dank afgenomen, zoals je weet. Ook die aardige jongen heb je op het verkeerde been gezet, grof belazerd.'

Ik stond op om de pont naar het Centraal Station te nemen. Het duurde even voordat ik doorhad dat het mijn telefoon was die bleef jengelen. Ik had mijn rugzak onder de tafel gezet. De laatste vijf minuten had ik met een half oor geluisterd naar het indringende gesprek dat twee dertigers aan het tafeltje naast mij voerden. Terwijl ze haar monoloog niet onderbrak, wees het meisje met een strak gebaar op mijn rugzak.

Op het display verscheen geen nummer of naam, alleen 'extern'. Voordat de verbinding weer werd verbroken, hoorde ik wat vage geluiden, stemmen, muziek. Ik deed mijn rugzak om. Wie over het water moest, ging op reis.

23

Bij de aanlegsteiger kwamen een paar fietsers aan die zich ver van elkaar opstelden. Over zes minuten vertrok de volgende pont naar het Centraal Station. Het was koud en de lucht voelde vochtig aan. Laat nu de aangekondigde sneeuw maar vallen. De overkant van het IJ zag er donker en gesloten uit. Het Centraal Station was als een zwart gat waar geen licht uit kon ontsnappen.

Misschien kwam het door het loze telefoontje, maar van het ene op het andere moment knapte er iets in mij. Wat ik de hele avond dankzij de onverwachte ontmoetingen overeind had gehouden, een blijmoedige hoop op een goede afloop van deze zaterdag, stortte plotseling in. Ik zag mijzelf staan, een man alleen, op een zaterdagavond, wachtend op de pont in Amsterdam-Noord. Een man die met zijn tijd geen raad wist. Het donkere water dat tegen de walkant klotste klonk verontrustend. De zeurende druk op mijn borst kwam spontaan terug, dezelfde druk die mij tijdens de eerste weken na Erics vertrek uit de slaap had gehouden en vanmiddag voor *Arti et Amicitiae* weer had toegeslagen.

Ik wachtte op de pont maar wist niet waar ik heen wilde. Ook het vooruitzicht van de *spaghettata* had zijn glans verloren. Wat had ik daar precies te zoeken? Ik zou Abe bellen en zeggen dat ik niet kwam omdat ik vannacht nog vertrok. Met onbekende bestemming.

Daarom moeten juist de gelukkigste mensen wensen te sterven, omdat bij een zo grote onbestendigheid en wisselvalligheid alleen dat zeker is wat voorbij is. Mijn geluk lag achter mij: Oud-Loosdrecht,

Binnen Vissersstraat, Linnaeusparkweg. Uit Amsterdam weggaan was ook een vorm van sterven. Ik had mij altijd voor een groot deel geïdentificeerd met de stad. Zo ik iets ben, had ik mijn vrienden, met een variant op een uitspraak van Couperus, wel eens voorgehouden, ben ik een Amsterdammer. Wat moest ik nog in Amsterdam als Eric zich niet meer over mij ontfermde? Misschien zou hij alleen nog naar Amsterdam terugkeren om alles op te doeken. Een helder hoofd. In een van zijn periodieke berichten aan mij had hij uitvoerig verslag gedaan van zijn verblijf in een ashram.

Waarom begon ook ik niet aan een nieuw leven?

Na de lezing van deze middag over Medea en Jason zag ik de kale omtrekken van mijn verhaal scherper, als op een röntgenfoto.

Bij het afronden van zijn betoog over *Medea* had Abe ineens een andere toon aangeslagen. Een goed docent moest niet alleen over acteertalent beschikken, zoals een van zijn didactische stellingen luidde, maar ook in staat zijn de studenten, in de geest van Socrates, te prikkelen met vragen waarop het antwoord soms ver te zoeken was. Abe had voor de pauze uitvoerig over Seneca en het drama *Medea* gesproken. Nu wilde hij zijn gehoor tot slot enkele vragen voorleggen die we mee naar huis mochten nemen, om er in het weekend bij een goed glas wijn rond het haardvuur met vrienden over te discussiëren. Hij zou wat stof aandragen die de discussie rond dat vuur kon verlevendigen.

Toen hij het goede glas wijn en het haardvuur noemde, zag ik ineens weer de jongen van het tuinfeest op de Mozartlaan, die zijn publiek warm maakt voor een verrassing. Ik was op mijn hoede en keek om mij heen. Overal gespannen gezichten als van kinderen bij een poppenkastvoorstelling.

De eerste vraag die hij ons wilde meegeven was: wat doet een vrouw als Medea in een drama geschreven door een stoicijns filosoof? Uit niets bleek dat Seneca ons de al te simpele les wilde voorhouden dat wij ons niet door onze hartstochten moesten laten meeslepen. Medea *is* hartstocht. Zij heeft alles gedaan wat in haar macht ligt opdat Jason het Gulden Vlies kan bemachtigen. En later, als Jason moet vluchten, geeft zij haar vaderland op, offert haar broer om samen met haar geliefde te kunnen ontsnappen. Beiden vinden als ballingen onderdak aan het hof van koning Creon van Korinthe. We hebben te maken met een uitzonderlijk liefdespaar dat een spectaculaire geschiedenis achter de rug heeft. Hun heftige avonturen kunnen ons jaloers maken. Dat is nog eens leven, tot de laatste druppel. Medea is compromisloos. Zij heeft Jason hartstochtelijk lief. Ze kan zich geen leven voorstellen zonder hem. Haar geluk valt samen met de zekerheid hem te bezitten. En als ze hem dreigt te verliezen aan een koninklijke maagd is haar wraakzucht even groot als haar liefde is geweest. De prozageschriften van Seneca zijn aan haar niet besteed. Als zij iets *niet* is, is het stoïcijns.

En nu Jason. Is zijn aanwezigheid in een drama van de filosoof Seneca misschien beter te plaatsen?

Het stuk begint op het moment dat de banneling Jason het verlokkelijke aanbod van Creon krijgt om diens dochter als bruid te nemen. Jason gaat daarop in, niet omdat hij verliefd is op het meisje, maar omdat dit huwelijk hem verzekert van een permanente verblijfsvergunning en zicht geeft op een schitterende carrière. En hij laat Medea vallen.

Ook Jason is niet een voorbeeld waarop een stoïcijns leraar zijn leerlingen kan wijzen. Hij is een realistisch materialist, beslist geen stoïcijn. Aan het eind van het drama zien we wat dat realisme hem heeft opgeleverd. Zijn beide zoontjes zijn door Medea vermoord. Zijn bruid, de vader van de bruid, het koninklijk paleis, alles gaat in vlammen op. Wat overblijft van het comfortabele leven dat hem toelachte, is as.

En Abe heeft nog twee vragen waarmee wij wel een hele

avond zoet kunnen zijn. Wordt uit het stuk duidelijk naar wie de sympathie van de schrijver uitgaat? Naar Jason of naar Medea? Of naar geen van beiden?

En een andere, minstens zo interessante vraag is: naar wie gaat uw sympathie uit? Naar de realist Jason of naar de erotisch-idealistische Medea, of naar geen van beiden?

Abe is aan de afronding toe. Hij overziet de aula en het is of hij ieder afzonderlijk probeert aan te kijken. De beide handen rusten op de katheder. Zijn lippen vooruit gestoken, zijn hoofd schuin. Dagobert Duck gaat spreken. In de aula valt een bijna plechtige stilte.

'U volgt deze lezingenreeks over de Stoa en daar doet u goed aan. De stoïcijnse filosofie is een heel verleidelijke filosofie. Want het is natuurlijk prachtig om voor je levensgeluk niet afhankelijk te zijn van de grillen van het noodlot, van alles wat we niet in onze macht hebben, om voor je geluk niet afhankelijk te zijn van een ander die ons kan ontvallen of verlaten, ons niet te laten meeslepen door onze emoties. We keren onze rug naar de wereld, gaan naar binnen en laten ons door niets en niemand van de wijs brengen. Buiten waaien de stormen, geven mensen zich over aan hartstochtelijke liefdesgeschiedenissen, brengen elkaar in extase of brengen elkaar om. Wij zitten binnen met de brieven van Seneca of met zijn verhandeling *Over onverstoorbaarheid*. Maar deze vrede heeft een prijs. Een glas wijn bij de open haard en Seneca op de salontafel, is dat niet een leven dat veel overeenkomsten vertoont met dat van een gecastreerde kater?'

Abe laat zijn blik over de hele ruimte gaan, alsof hij ieder persoonlijk met deze vraag wil confronteren. De stilte duurt zeker enkele seconden.

'Op deze vraag gaan we volgende week in.'

De pont kwam eraan. Zo in de verte leek het een donker schip waar binnenin een klein vuurtje brandde. Ik wist bij god niet waar ik heen wilde. Leiden, Ragusa? Aan de druk op mijn borst viel voorlopig niet te ontsnappen.

Als ik eerlijk was, als ik werkelijk de moed zou kunnen opbrengen om af te dalen in de verborgen grotten en duistere meren van de ziel, wat zou ik daar dan zien? Het is onmogelijk tot op de bodem te kijken zolang het water troebel is. Had ik werkelijk gedacht dat ik met Saïd een nieuw leven wilde en kon beginnen? Een spannend, hartstochtelijk, avontuurlijk leven dat vooralsnog geen duidelijke contouren aannam? Ik had *gespeeld* met die gedachte. En zolang Eric van niets wist, kon ik doorgaan met spelen en hoefde dat leven ook geen duidelijke contouren aan te nemen. Eric had het scherp gezien: toen het erop aankwam wilde ik mijn comfortabele leven niet opgeven. Ik had niet als Anna Karenina alles waardoor ik werd omringd achtergelaten – in haar geval: man, kind, status, alles – om mij te storten in een avontuur met donkerogige Saïd, minstens zo mooi en opwindend als graaf Vronski. Ik kon niet zeggen *Anna Karenina, c'est moi*. En ik kon mijzelf ook niet vergelijken met Emma Bovary, een doktersvrouw met te veel vrije tijd, die op haar manier haar hartstocht had gevolgd.

Ik was een realist die een inschattingsfout had gemaakt. En wat ik gedacht had te kunnen behouden, had ik verloren. *Jason, c'est moi*.

24

Terwijl ik de pont opliep, ging de telefoon. Omdat ik hem in de zak van mijn jack had gestoken, kon ik hem zo pakken. 'Hallo,' zei ik snel nadat ik had ingedrukt. Maar er kwam geen reactie. Geluiden, stemmen, heel zachte muziek, gelach. Soms kwam een stem plotseling duidelijker door maar vervolgens hoorde ik weer stemmen alsof iemand zonder te weten een nummer had ingedrukt. 'Hallo, hallo,' herhaalde ik. Met de telefoon aan mijn oor bleef ik staan om mij beter te kunnen concentreren.

'Pronto.'

'Pronto,' reageerde ik snel.

Weer geluiden, stemmen, zachte muziek.

'Riccardo?' Met de wijsvinger van mijn rechterhand drukte ik mijn andere oor dicht. Ik was bang de telefoon te laten vallen of een knop in te drukken, wat mij nog wel eens overkwam, waardoor de verbinding verbroken werd.

'No, Andrea.'

'Andrea?'

De pont kwam met veel lawaai in beweging. Ik sloot mijn ogen. Alleen achtergrondgeluiden. Daarna liep ik de afgesloten ruimte in waar een jongen en een meisje stonden, ieder met een fiets aan de hand.

'Waar zijn jullie?'

Zoals zoveel mensen die mobiel bellen ging ook ik van praten over tot schreeuwen. Nadat ik de vraag had herhaald, kreeg ik een antwoord dat de geluiden en het gelach verklaarde. Ze zaten in een coffeeshop. De telefoon werd na enig gelach en warrig gepraat aan iemand anders doorgegeven. Tegen de tijd dat ik eenmaal wist hoe de coffeeshop heette en waar die zich bevond, kwam de pont al weer aan. Een jongen met een donkere Amerikaanse stem vertelde rustig dat de coffeeshop *The Cloud* heette en zich bevond in de Haarlemmerstraat. Namens Andrea moest hij vragen of ik ook kwam. Het was elf uur. Ik dacht snel na. Nu ik toch niet van plan was naar de *spaghettata* te gaan, had ik alle tijd. Misschien zou ik later nog met hen de stad in kunnen trekken.

Ineens stond de avond onder een spanning waarbij het vooruitzicht op de *spaghettata* verbleekte. Een spanning die werd opgeroepen door de wimpers van Tommaso en de ogen van Andrea. Ik wist totaal niet wat ik van het bezoek aan de coffeeshop kon verwachten maar ik wist dat ik moest gaan, dat ik die jongens nog een keer moest zien. Ergens in mijn achterhoofd wist ik dat het onzin was, maar dat verhinderde niet dat ik mij toch opgewonden voelde. Ik moest weten wat het betekende dat Andrea mij gebeld had. Hoogstwaarschijnlijk betekende het niets. En toch liep ik als iemand met een duidelijk doel voor ogen door de onderdoorgang van het Centraal Station, naar de stadskant waar nog steeds trams vol mensen aankwamen en vertrokken.

In de Haarlemmerstraat lagen op nog geen honderd meter afstand van elkaar drie coffeeshops. De laatste, de grootste van de drie, was *The Cloud*. Bij de andere twee had ik tijdens het langslopen even naar binnen gekeken, maar deze moest ik daadwerkelijk binnengaan. Voordat ik de deur opende, haalde ik diep adem.

Gezien de gemiddelde leeftijd van de bezoekers voelde ik mij een indringer, iemand van de politie die kwam controleren of ze zich wel aan de regels hielden. Links van de ingang stond een groepje jongens over de toonbank gebogen. Onder glas lag een uitgebreide lijst met verschillende soorten marihuana en de prijs per gram. Er hing een zoetkruidige damp die weldadig aanvoelde. Het moest mogelijk zijn om hier high te worden zonder daadwerkelijk te roken. De sfeer van een gedempt feestje bij gedempt licht, en gedempte muziek die de beelden begeleidde van in zee duikende jongens en meisjes op het televisiescherm. In het midden lichtte de vloer hel op. Onder een grote glazen plaat zwommen kleurige vissen.

Het was even zoeken naar mijn drie Italianen. Behalve deze ruimte waren er nog twee andere verdiepingen. In de verte was een overloop waar links een trap naar beneden en rechts een trap naar boven ging. Eerst daalde ik af naar het lichte vertrek beneden, waar jongeren braaf en stil bijeenzaten alsof het een gebedsbijeenkomst was. Ik zag onmiddellijk dat mijn Sicilianen zich daar niet tussen bevonden. Het vertrek boven was een schaars verlichte opkamer, die dankzij de houten lambrizering en de zware meubelen aandeed als de rookruimte van een club. Ik zag mijn helden onmiddellijk aan de lange tafel links bij de muur. Dat ze mij niet zagen was niet zo verwonderlijk gezien het halfduister. Bovendien waren zowel Tommaso als Riccardo met anderen in gesprek.

Het was een donkere, intieme kamer met een ronde tafel in het midden. Er stonden vier zware fauteuils omheen. Twee jongens en twee meisjes rookten zwijgend, ieder bezig met hun iPhone. Ook hier was een televisiescherm opgehangen en ook hier beelden van jongens en meisjes die op zachte muziek vanaf hoge rotsen in zee doken. Gedempte vrede. De kleine Tommaso die in de hoek zat, met zijn rug tegen de muur, leunde achterover tegen de lambrizering. Naast hem, aan het hoofd van de lange tafel zat een jongen met een fluwelen mutsje waar donkere krullen onderuitkwamen. Hij hield, zo te zien, een betoog dat alleen maar voor Tommaso bedoeld kon zijn. Tegenover Riccardo zaten een jongen en een meisje die Italiaans spraken. Alleen de lange Andrea, die tussen Tommaso en Riccardo zat, en een joint rolde, was met niemand in gesprek. Voor hem op tafel lagen een pakje Marlboro, enkele losse sigaretten, vloeitjes en een blauw stuk papier met daarop wat marihuana. Over de tafel verspreid stonden grote glazen thee.

De jongen met het fluwelen mutsje praatte onafgebroken tegen Tommaso. Omdat deze zich nauwelijks bewoog was het niet duidelijk of hij luisterde. De enige beweging die Tommaso maakte was het strekken van de linkerarm en het spreiden van middel- en wijsvinger. Zijn gesprekspartner gaf de joint aan Tommaso door.

Alleen Andrea keek verrast op toen ik mij aan hun tafel meldde. Ik deed mijn rugzak af en ritste mijn jack open. Ook nadat Andrea Tommaso had aangestoten, verroerde hij zich nauwelijks. Even stak hij zijn hand op. Riccardo was zo gedreven in gesprek met het Italiaanse stel dat hij mij pas opmerkte toen ik ging zitten op de stoel tegenover Andrea. Zijn grote ogen lichtten op alsof hij mij hier niet verwacht had. Ik stelde mij voor aan zijn gesprekspartners. Ze bleken uit Brescia te komen. Over het algemeen kon ik mij hinderlijk bewust zijn van een groot leeftijdsverschil, maar in deze mellow omgeving speelde leeftijd nauwelijks een rol. De jongen naast Tommaso onderbrak zijn monoloog om zich voor te stellen. Ruben. Hem had ik aan de telefoon gehad. Hij kwam uit New York. Een kleine donkere jongen met een fijn, bijna meisjesachtig gezicht. Hij sprak zo goed Italiaans, verklaarde hij, omdat hij een jaar in Rome kunstgeschiedenis had gestudeerd.

Het was niet duidelijk of Andrea naar een van de gesprekken om hem heen luisterde. Geconcentreerd had hij een joint gerold en aangestoken. Hij nam een diepe trek en daarna reikte hij hem mij aan. Hoe lang was het geleden dat ik had gerookt? Ik moest voorzichtig inhaleren om hoesten te voorkomen. Alsof ik vuur naar binnen zoog dat mijn luchtpijp verschroeide. Met moeite hield ik de rook even binnen en blies toen langzaam uit.

'Goed spul,' zei ik terwijl ik in mijn ogen wreef en de sigaret weer aan Andrea gaf.

Eén sigaret wilde ik wel samen met Andrea oproken. Riccardo rookte met het jonge stel uit Brescia. Naar wat ik opving hadden ze het over voetbal. Soms keek hij met zijn brede glimlach even in mijn richting alsof hij wilde laten zien dat de spleet tussen zijn twee voortanden er nog zat. Hij had het hier naar zijn zin, zag ik, even los van vrouw en kind. De wet hoefde hij alleen in Ragusa te handhaven. Ook Tommaso voelde zich in deze omgeving helemaal op zijn gemak. Ik had hem zowaar enkele keren iets tegen Ruben horen zeggen. Andrea keek lusteloos voor zich uit. Ik vroeg hem maar niet of hij tijdens zijn tocht door Amsterdam nog Nederlandse meisjes was tegengekomen. Uit zijn ogen was de glans verdwenen: roken was niet genoeg om dit uitstapje maar Amsterdam te rechtvaardigen.

Ruben vroeg hoe ik deze Italianen kende. Ik vertelde van onze ontmoeting in de binnenstad. Op mijn beurt wilde ik weten wat hij in Amsterdam deed. Met zijn mooie fluwelen mutsje leek hij mij niet iemand die alleen maar Amsterdam was gekomen om in coffeeshops te zitten.

Hij was in Den Haag geweest, vertelde hij, en bezocht nu Amsterdam voor de schilderijen van Vermeer. Hij wilde alle schilderijen van Vermeer gezien hebben, voor zover in openbaar bezit. Ook Berlijn en Dresden had hij bezocht. Overmorgen vloog hij terug naar New York. Verleden jaar had hij in Parijs dat gigantische Louvre doorkruist voor een schilderijtje met de afmeting van een paperback. Hij praatte zacht en langzaam alsof hij over ieder woord moest nadenken. Wat deze bijzondere kunstgeschiedenisstudent bij Tommaso te zoeken had, en waar ze het samen over hadden, was misschien een raadsel, maar misschien ook niet. Je moest lang zoeken op Renaissanceschilderijen of fresco's om ogen en wimpers als die van Tommaso tegen te komen. Ik vroeg mij af wat er allemaal schuilging achter de rokers in deze schemerige opkamer. Men rookte zich tot een amorfe staat, een toestand als tijdens de slaap. Maar Ruben uit New York reisde de hele wereld af op zoek naar schilderijen van Vermeer. Wie weet wat de anderen deden wanneer zij niet rookten.

Andrea had de sigaret uit laten gaan in de asbak en keek voor zich uit. Er ontbrak iets fundamenteels aan deze avond.

Voor mij was het onderhand tijd om Abe te bellen dat hij niet op mij moest rekenen. Maar wat dan? Waar moest ik heen? Voor de politieman en de kleine wijnboer was dit helemaal hun plek, die waren hier niet weg te slaan. Moest ik hier blijven zitten en doorgaan met roken tot ook ik in een tijdelijk nirwana zou verzinken? Ik was weer eens op weg gegaan met een opwinding die nergens op sloeg. Achter het telefoontje van Andrea had geen bijzondere bedoeling gezeten. De bedoeling zat, zoals gewoonlijk, in mijzelf. Ik moest het niet meer doen, zomaar, op niets af, achter een mooie jongen aan gaan.

Ik keek op mijn horloge en wist ineens wat me te doen stond. Verdomd, dat was het. Misschien kwam alles toch nog goed. Ik keek naar de twee kompanen van Andrea die beiden opgingen in hun gezelschap.

Hoe legde ik het aan?

Tommaso kreeg weer de joint tussen zijn vingers gestoken. Hij boog zich naar Ruben voorover. Misschien liet hij zich overhalen morgen met hem naar het Rijksmuseum te gaan voor een bezoek aan *Het melkmeisje* en *Het straatje* van Vermeer. Riccardo had vriendschap gesloten met het stel uit Brescia. Ze wisselden adressen uit. Ook voor hen zou zijn vrouw vast en zeker een *capunata* kunnen klaarmaken. Ik leunde met beide ellebogen op de tafel en boog mij voorover naar Andrea.

'Andrea, luister.'

Hij keek mij aan maar in zijn ogen lichtte niets op. Ik bleef hem strak aankijken.

'Ik ga zo naar een feest.'

Ik sprak zacht en langzaam, iedere lettergreep gaf ik aandacht.

'Er komen meisjes en die meisjes spreken Italiaans. Mooie meisjes. Als je zin hebt, waarom ga je niet met mij mee?' Ik bleef hem strak aankijken alsof ik hem met mijn blik over alle eventuele bezwaren heen kon trekken.

Er kwam beweging in zijn gezicht. Zijn ogen werden groter.

'Een feest?'

'Een *spaghettata di mezzanotte.*'

Een glimlach brak door. Ik had het vuur weer aan de praat gekregen.

'De dochter van een vriend van mij viert haar verjaardag met een spaghettata. Waarom ga je niet mee?'

Ik fluisterde nu bijna en keek hem recht in de ogen als om hem te hypnotiseren. Ik wilde dat niemand mij hoorde.

'Het is hier niet ver vandaan.'

Andrea keek in de richting van Tommaso. Toen hij zag dat die onbereikbaar was, stootte hij Riccardo aan en legde hem, tot mijn schrik, enthousiast mijn plan voor. Ik wachtte zo neutraal mogelijk zijn reactie af. Riccardo fronste zijn wenkbrauwen en keek mij met zijn grote kinderogen aan.

'Ik moet nu naar een feest. Het is hier niet ver vandaan.' Ik zei het zonder enig enthousiasme in de hoop dat hij niet zou zeggen ook wel mee te willen.

Riccardo schudde zijn hoofd en gelukkig brak er een lach door. Nee, hij ging niet mee, maar als Andrea wilde moest hij dat beslist doen. De belangrijkste hobbel was genomen. Van Tommaso was het direct duidelijk dat hij geen belangstelling had. Hij had het hier prima naar zijn zin. Bovendien ging hij later misschien nog met Ruben de stad in.

Andrea stond op, kwam achter de tafel vandaan en trok resoluut zijn jack aan. Er kwam avontuur in zijn leven en opwinding in zijn ogen. De barman uit Ragusa zou met wilde verhalen over Amsterdam thuis kunnen komen. In Bar Sport zou iedereen aan zijn lippen hangen. Man van de wereld. Voorzichtig pakte hij alles wat op tafel voor hem had gelegen in een papieren zakje dat hij bij zich stak.

Toen wij samen de broeierige opkamer verlieten, riep Riccardo mij nog na. Hij wees naar de rugzak onder de tafel. Ah, mijn rugzak met aantekeningen, het *Zedekundig Handboekje*, de teksten van Seneca! Nog eens groette ik allen aan tafel; ik zei tegen Riccardo dat ik beslist naar Ragusa zou komen, en vertrok met Andrea.

Deel drie

Way out West

25

'Kijk,' zei ik, 'dit is een eiland dat door mensen is gemaakt, net als Venetië, om er pakhuizen op te zetten. Ben je wel eens in Venetië geweest?' Weer kwam mijn hand op zijn schouder terecht.

Op de smalle, dubbele ophaalbrug naar het Prinseneiland stonden we stil. Ik was speciaal omgelopen om Andrea deze brug te laten zien en wees hem op de verlichte ramen van de schouder aan schouder staande pakhuizen. Omdat niet achter alle ramen licht brandde, zat er een zeker verspringend ritme in. *Victory Boogie Woogie.*

Nee, in Venetië was Andrea nooit geweest. Het was niet duidelijk of zijn belangstelling wel uitging naar ophaalbruggen en verbouwde pakhuizen. Hij was benieuwd naar het feest, de meisjes over wie hij had gehoord.

Weer voelde ik een lichte onrust opkomen. Waar was ik in godsnaam aan begonnen? Het enige wat ik van de jongen naast mij wist was dat hij uit Ragusa kwam en werkte in Bar Sport. Andrea had tijdens de wandeling met trots verteld over zijn bar. Hij had hem van zijn vader overgenomen. Het was de mooiste van Ragusa en ze maakten de beste cappuccino van heel Sicilië. Het was prettig luisteren naar de volle donkere stem.

Ik was zo verstandig geweest om onderweg Abe te bellen. Ik had hem gevraagd of het goed was als ik iemand meenam. 'Nou, als hij aardig is,' had hij laconiek gereageerd. Veel te omstandig had ik toen verteld hoe ik de drie Italianen had ontmoet, om maar te voorkomen dat Abe zou denken dat ik zomaar een jongen van de straat had opgepikt. Een Italiaanse jongen, dat sprak Abe wel aan. 'Leuk voor de meiden.' Naarmate ik dichter bij het feest kwam, voelde ik mij nerveuzer worden; ik werd onrustig van mijzelf, van de hutspot in mijn hoofd, van de vage droomflarden waarin de jongen na afloop van het feest met mij meeging naar huis.

Terwijl we de brug overstaken en de smalle straat inliepen moest ik mij inhouden om niet steeds mijn arm om hem heen te slaan. In het straatje was het doodstil. Aan de andere kant van het eiland woonden Abe en Catia in wat ik het mooiste huis van Amsterdam vond. Ook daar was het opvallend stil. Alleen het vertrouwde gedreun van de drukke autoweg in de verte doorbrak de stilte.

Bij het pand, waar zo'n zes fietsen tegen de pui stonden, belde ik aan. De deur sprong direct open. Van de trap daalde een slanke gestalte, gekleed in een opvallend rode, nauwsluitende jurk, een rode roos in het donkere, opgestoken haar: Liza. 'Mooi op tijd,' zei ze. Ze omhelsde mij en verraste Andrea door ook hem te omhelzen. Wat bij Liza als eerste opviel waren haar ogen. Ze bogen aan de buitenkant af naar beneden als de blaadjes aan de steel van een bloem, waardoor haar gezicht, ook als ze lachte, iets mooi tragisch behield zoals dat van de Italiaanse zangeres Mina. Andrea leek even beduusd maar hij herstelde zich snel. Onze jacks konden we achterlaten, boven op de stapel. De rugzak zette Liza onder de tafel.

Van boven kwam zigeunermuziek, daar bovenuit klonken heldere stemmen, af en toe een lach. Liza vroeg of Andrea uit Sicilië kwam.

Ik had eens tegen Abe gezegd dat je kon zien dat hier een man woonde die zijn best moest doen een groot leeftijdsverschil met zijn partner te overbruggen. Behalve een pingpongtafel stonden er een loopband en een spinfiets en aan de muur hing een racefiets.

Liza ging ons voor de trap op. Andrea wachtte op mij, en

terwijl hij mij liet voorgaan, ging hij met zijn tong over zijn lippen als een tevreden kater.

Toen we de grote woonruimte op de eerste verdieping binnenstapten, viel er iets van mij af. Niet alleen lachen werkt aanstekelijk, ook geluk. Ik werd overrompeld door de warmte, het licht, de muziek, het levendige gezelschap dat zich over de hele verdieping verspreid had. Ik haalde diep adem. Mijn zwerftocht door de stad had onder de spanning gestaan van deze bijeenkomst, dit feest. Ik was binnen. De lange, met witte kleden gedekte tafel, de twee kandelaars en het kristal waarin het kaarslicht schitterde, zouden kunnen klaar staan voor een kerstmaal of een familiediner in een Scandinavische film.

Abe en Catia, die beiden in de open keuken stonden, kwamen op ons af om ons te begroeten. Catia droeg net als haar dochter een donkerrode jurk. Nadat zij mij had omhelsd en Andrea vriendelijk begroet, ging Catia naar haar pannen terug. Ze zou later wel meer aandacht aan de Italiaanse gast geven, zei ze lachend. De *spaghettata* kwam op de eerste plaats. Abe stelde ons voor aan de anderen. Vanuit mijn ooghoeken hield ik Andrea in de gaten. Uit de groep meisjes, die als een nest poesjes door elkaar gekronkeld lagen op de twee banken in de rechterhoek van de woonverdieping, maakte zich onmiddellijk een meisje los. Ze sprong op en kwam met open mond op ons af. Ze droeg net zo'n nauwsluitende jurk als Liza, alleen was deze wit. Ze stelde zich voor als Charley en toen ze Andrea een hand gaf en merkte hoe koud die was, nam ze beide handen in de hare om ze warm te wrijven. Ze had heel kort, heel blond haar, strak naar achteren gekamd, een gaaf rond gezicht waarin lichtbruine ogen tintelden, mooie volle lippen en een prachtig gebit. De andere drie vriendinnen kwamen nu ook van de bank om zich aan mij en Andrea voor te stellen. Ook zij droegen eenzelfde witte jurk als Charley, waardoor hun uiterlijke verschil juist werd benadrukt. Alle vier waren opvallend knap, levendig, luidruchtig. Maar Charley was de knapste.

De drie jongens die zich tot nog toe afzijdig hadden gehouden, kwamen ook langzaam in onze richting. Een jongen met een baardje bleek het vriendje van Liza te zijn. Andrea liet zich door de massale belangstelling niet uit het veld slaan en stond erbij alsof hij in zijn bar de klanten moest onderhouden. Hij volgde het jonge gezelschap naar de twee rode hoekbanken tegenover de open keuken.

Abe liep met mij naar zijn Italiaanse schoonouders. De stevig gebouwde schoonvader met de zware bril, die zich als Pippo voorstelde, was mij bij het binnenkomen al opgevallen. Hij stond met zijn vrouw bij de feestelijk gedekte tafel, ieder een glas in de hand. Hij had mij en Andrea opgenomen met een blik die klinisch te noemen was. Zulke mannen konden mij onzeker maken. Wat moet die man met die mooie Italiaanse jongen, las ik in diens blik. Tijdens het voorstellen helde de schoonvader achterover wat zijn zware figuur nog indrukwekkender maakte. Een klassieke autoriteit die gewend was aandacht te krijgen, niet te geven. De vriendelijke lach van de jonge grootmoeder, compenseerde de afstandelijke, bijna neerbuigende houding van haar man. Ze was een kleine vrouw met kortgeknipt zwart haar dat met een messcherpe pony over haar voorhoofd viel. Achter een donkere bril straalden levendige ogen. De lach die niet van haar gezicht verdween, liet net als bij de Siciliaanse politieman een spleetje tussen beide voortanden zien. En net als bij Riccardo gaf het haar iets jongs en onschuldigs. Ze vond het wel grappig of interessant, dacht ik te zien, een Nederlandse man met een Italiaanse jongen. Ze was minstens een kop kleiner dan haar man, die tijdens zijn werkzame leven hoofd van een of andere afdeling in een ziekenhuis was geweest, wat hem in Italië de status van halfgod had verleend. Abe had het niet zo op zijn schoonvader.

Abe liep met mij naar de andere kant van de verdieping, de straatkant, waar bij het ene raam een vleugel stond en bij het andere een zitje. Twee vrouwen stonden op om zich aan mij voor te stellen. De man die bij de vleugel had gestaan, legde het muziekboek weg en sloot zich bij de twee vrouwen aan. Het waren Abe's nieuwe buren en een vriendin van Catia met de naam Dorothee. Je kon niet over iemand oordelen voordat je hem of haar had zien lachen, was mijn ervaring en daarom stelde ik mijn oordeel over de buurman die mij een slappe hand had gegeven nog maar even uit. Dorothee had tijdens het voorstellen gezegd: 'O, ben jij nu Wijnand Brandt.' Ik had graag gereageerd met: 'O, en jíj bent dus Dorothee.' Maar omdat ik haar naam voor het eerst hoorde viel er een stilte die een fractie te lang duurde.

Abe zei dat hij de spumante ging klaarzetten, want over vijf minuten was het zover. Ik liep met hem op en bij de stereotoren bleef ik staan, pakte het openliggende muziekdoosje van de stapel, alsof ik geïnteresseerd was in de muziek. *Durkovic e i Fantasisti del Metrò*.

Ik was weliswaar binnen maar ik voelde mij nog niet helemaal op mijn gemak. Bij zulke gelegenheden miste ik Eric, die voor een krachtig kader zorgde. Eric zou geen vooroordeel hebben gehad bij de leptosome buurman en zeker niet onder de indruk zijn geraakt van schoonvader Pippo. Ik bladerde in het boekje dat bij de cd hoorde en zag dat Andrea in gesprek was met de drie vrienden. Ik hoorde Italiaans en Engels. Naar de gebarentaal te oordelen, legde Andrea hun uit hoe je een goede cappuccino maakte. Ik hoefde mij over hem geen zorgen te maken.

Ik leunde tegen de muur, het ene been over het andere geslagen. Ineens zag ik mijzelf staan. Zo stond ik vaak op feestjes, de armen over elkaar, observerend. Vroeger met een sigaret. Ik keek naar de meisjes in de poezenhoek, naar de jongens rond Andrea, naar de twee vrouwen in de keuken. Grootvader Pippo en de buurman stonden bij de vleugel. Van het hele gezelschap kende ik alleen Abe goed; Catia zou ik graag beter leren kennen. Wat ging er in haar om? Hoe zag ze Abe, en hoe zag ze mij? Ik moest denken aan wat ik bij de Engelse schrijver E.M. Forster had gelezen over het verschil tussen een romanpersonage en de mensen door wie wij omringd worden. Een romanpersonage behoort tot een andere wereld dan de onze, een wereld waar het verborgen, geheime leven zichtbaar is. Ons geheime leven is onzichtbaar. Wat er in Catia omging wist ik niet. En hoe goed ik Abe ook dacht te kennen, en ook al was hij mij soms zo vertrouwd als een tweelingbroer, zijn verborgen, geheime leven kende ik niet; ik had een vaag idee, dat was alles. Ook met intuïtie en inlevingsvermogen bleef je aan de buitenkant.

Toen Abe met vier flessen champagne, twee in ieder hand, naar de dranktafel liep, kwam iedereen van zijn plaats. Even later stond het hele gezelschap in een halve cirkel rond Abe en Catia. Liza had de muziek uitgezet. Abe en Catia namen ieder een fles, ontdeden die van de capsule en hielden de kurk stevig vast. Charley keek demonstratief op haar horloge en zei dat ze vanaf tien seconden voor twaalf ging aftellen. In het Italiaans. Iedereen bleef stil tot zij een teken gaf en men begon: dieci, nove... uno. Na zero en de knal van de kurken volgde een luidruchtige chaos van gejuich, omhelzingen en *Tanti auguri a te.*

Ik probeerde mij te verplaatsen in Andrea die door vier meisjes werd omringd. Hij kreeg alsnog de bevestiging van het in Ragusa verspreide gerucht dat in Nederland niet op Italiaanse jongens werd neergekeken. Op een winteravond in een vreemde stad beland je op een feest met mensen die je naar alle waarschijnlijkheid nooit meer zult terugzien. Eric en ik hadden ooit een weekend gelogeerd in Devonshire bij de familie van een man die ons een lift had gegeven. Dat waren de betere verhalen die een leven lang meegingen.

Ik liep naar Andrea en vroeg of hij het naar zijn zin had. Andrea spreidde zijn armen en trok een gezicht dat uitdrukte: hoe kun je mij dat vragen! Hij voelde zich een zwerfkat die binnengelaten was om gerookte zalm te eten, zei hij. Charley die bij ons kwam staan en blijkbaar 'gatto randaggio' had opgevangen, zei: 'Hoe kom jij aan zo'n zwerfkat?'

'Er waren er drie, alleen de lelijkste wilde met mij mee.'

Ze barstte uit in een hortende lach die diep uit haar keel kwam. Ze had iets voornaams, iets fiers in haar houding – maar de uitbundige lach had iets grofs, iets vulgairs zelfs.

Andrea liet zich niet van de wijs brengen en vroeg waarom ze zo lachte. Dat zou ze hem uitleggen, zei ze, en trok hem mee in de richting van de banken die ze echter niet bereikten doordat ze door de anderen werden tegengehouden.

Ik overwoog naar de vleugel te lopen waar de buurman, Abe en schoonvader Pippo met elkaar in gesprek waren, maar iets weerhield mij. Die nieuwe buurman die midden dertig was, maar er in zijn grijze pak leeftijdloos uitzag, deed iets hoogs bij een bank en speelde viool. Abe had mij verteld dat hij begonnen was met de buurman enkele vioolsonates van Mozart in te studeren. Liever zou ik mij bij het groepje vrienden aansluiten dat zich om Charley en Andrea gevormd had.

Wat bracht mij uit balans? Was het de aanwezigheid van Andrea? Of de klinische blik waarmee het afdelingshoofd naar mij en Andrea keek? Het was alsof die schoonvader dwars door mij heen keek en een onverhuld beeld kreeg van mijn driftleven, iets waar ik liever niet mee te koop liep. Hier niet en op papier ook niet. Daar was het bezwaar van Duco Deen ongeveer op neergekomen: dat ik in mijn romans mijn driftleven verhulde. Eric had naar aanleiding van mijn laatste roman opgemerkt dat ik hem deed denken aan een schilder die ervoor zorgt dat bij een naaktportret een bloeiende tak de schaamstreek afdekt.

Catia en haar moeder riepen dat er over twaalf minuten gegeten kon worden.

Mijn plek bij het audiorack was strategisch perfect. Om mij een houding te geven nam ik van het stapeltje een cd met een foto van de jonge Glenn Gould voorop. *Goldberg Variaties*. Een dromerige maar ook zwoele blik. Wat was het driftleven van deze jongen, die zijn hele leven aan het pianowerk van Bach had gewijd? Op de achterkant stond het bekende verhaal van de vijftienjarige Johann Gottlieb Goldberg, die het lot van een slapeloze graaf muzikaal moest verlichten door in een aangrenzend vertrek klavecimbel te spelen. Speciaal voor deze knaap had de grote Bach deze variaties gecomponeerd.

Het viel mij nu pas op dat aan de wand tegenover mij, achter de gedekte tafel, een nieuw schilderij was gekomen. Het schilderij ernaast, van de man in het blauwe pak, het grijze vest en de witte pochet, kende ik, maar dit nog niet. Het was overduidelijk van dezelfde hand en deed denken aan een schilderij van Edward Hopper, maar minder genadeloos en hard, melancholieker. De kleuren en lijnen waren vloeiender. Op wat een overloop zou kunnen zijn staat een jonge vrouw. Ze draagt een zalmkleurige rok en heeft een blauwvilten hoed op. De deur van de kamer achter haar staat open en in die kamer is een jongen te zien, op de rug, achter een piano. De jonge vrouw staat op het punt de trap af te gaan, maar ze blijft nog even luisteren. Ze moet weg, maar ze kan niet weg. Ze wordt vastgehouden door de muziek, die wij niet kunnen horen.

Het was het mooiste schilderij van Catia dat ik ooit had gezien. Waarom werd ik er zo door geraakt? Kwam het doordat je niet wist door welke muziek die vrouw op de overloop wordt vastgehouden? Of kwam het door haar houding, het hoofd schuin naar beneden alsof ze iets op de vloer ziet? Ik liep naar Catia om te zeggen hoe mooi ik het schilderij vond en vroeg of het een titel had. Ze keek verrast op en zei dat als ze het een titel zou geven het *Distant Music* werd. Ze was blij dat ik het mooi vond want zelf vond ze het ook geslaagd. Ze was de laatste tijd hard aan het werk omdat er in het voorjaar een tentoonstelling zou komen in de nieuwe galerie van Dorothee.

Ik liep terug naar mijn oude plek en vond dat naam en

schilderij volkomen in harmonie waren. Wat speelde de jongen waardoor de jonge vrouw niet van haar plek kon komen? Geen Bach. Misschien een lied. Schubert, Mahler, Leonard Cohen, *Yesterday*? Wat zou Catia zeggen als ik ernaar vroeg? Wist zij wat die jongen speelde?

Abe kwam naast mij staan en zag wat ik in mijn hand hield. 'Vind je niet dat hij op Reve lijkt, de jonge Reve zoals wij hem gekend hebben?'

Ik schoot in de lach en zei: 'Reve die Bach speelt, hoe zou dat geklonken hebben?'

'Een beetje vals,' zei Abe en liep naar de keuken.

Terwijl Catia en haar moeder ieder twee grote schalen op tafel zetten, zorgden Abe en Liza dat er flessen witte en rode wijn op regelmatige afstand van elkaar op tafel kwamen. Nee, dit werd geen ontluisterende Deense of Zweedse film, maar een Italiaanse feelgoodmovie. Van de schalen steeg damp op. Een geur van knoflook, basilicum, kruiden en vlees verspreidde zich door de ruimte.

De vriendinnen en de drie vrienden schaarden zich zo dicht mogelijk om de jarige heen. De tafel viel zo in twee helften uiteen, een helft voor de jongeren en een helft voor de ouderen. Pippo en zijn vrouw namen plaats aan Abe's rechterkant en daarnaast ging Catia zitten. De voortvarende Charley had Andrea onder haar hoede genomen en dirigeerde hem naar het midden van de tafel. Tussen Andrea en de buurman waren nu nog twee stoelen vrij en ik haastte mij naast Andrea te gaan zitten. Ik legde mijn arm om zijn schouder en drukte hem even tegen mij aan. Eigenlijk deden zijn ogen niet onder voor die van de kleine Tommaso. Minder geheimzinnig misschien. Directer, opener. Hij had een open houding naar de wereld. Ik was blij dat ik hem had meegenomen. Ook al vermaakte hij zich prima zonder mij.

Rechts van mij kwam Dorothee zitten. Ik verbaasde mij erover dat Abe haar naam nooit had laten vallen. Ze had een galerie waar zijn vrouw ging exposeren en Abe sprak daar met mij niet over. We waren blijkbaar niet echt veranderd, Abe niet en ik waarschijnlijk ook niet. Zo was het altijd geweest. De gewone, alledaagse buitenwereld drong nauwelijks ons hermetische universum binnen. Polders, landschappen, Plato, Nescio, de Loosdrechtse Plassen, Rembrandt, Reve, Hoorneboeg, en mild kankeren op alles wat veranderde.

Toen iedereen wijn had ingeschonken, hief Abe het glas om nogmaals te proosten op Liza, en natuurlijk ook op de twee vrouwen die verantwoordelijk waren voor de *spaghettata di mezzanotte*. Men moest snel aanvallen voordat de spaghetti koud werd. Ook ik hief het glas en proostte met Dorothee en daarna met Andrea en Charley. Ik begon mij steeds meer op mijn gemak te voelen. Drank hielp. Ik had een paar keer in de richting van de schoonvader gekeken, die voornamelijk in gesprek was met Abe. Misschien vergiste ik mij in deze Italiaanse chirurg, was ik alleen maar overgevoelig voor dominante, ontoegankelijke mannen.

Catia had een paar keer naar mij gekeken. Ze was nog steeds opvallend mooi, een zachte schoonheid. Ze schilderde zoals ze was. Het lawaai dat van de tafel opsteeg en dat voornamelijk van het vriendengroepje kwam, maakte het vrijwel onmogelijk met iemand anders te praten dan met je directe buurman of buurvrouw. Andrea kon ik aan blonde Charley overlaten, die regelmatig in die stokkende schorre lach uitbarstte. Ze gaf met haar heldere, luide stem aan de anderen door wat Andrea had gezegd of ze gaf er commentaar op.

Omdat Dorothee met de buurman in gesprek was, kon ik rustig mijn spaghetti met pesto eten en om mij heen kijken. Catia bevestigde helemaal mijn vooroordeel dat vrouwen veel gelaagder in elkaar zaten dan mannen. Misschien zag ik de complexiteit van mannen niet goed omdat ik bij de buitenkant bleef steken. Ze wilden domineren, indruk maken en neuken. Je had ook mannen met een vrouwenziel, zoals Eric.

Benno Bavinck had ook een vrouwenziel, dat wist ik zeker. Abe was een mix. Als ik schilder was, zou ik Catia schilderen, precies zoals ze daar zat, verscholen achter het licht van vijf kaarsen. Ze zit aan tafel, schenkt wijn in en heeft haar ogen neergeslagen. Ik zou het vanwege de stemmen op de achtergrond *Distant Voices* kunnen noemen. Ik wist zeker dat Catia begreep waarom ik met een jongen als Andrea aan was komen zetten, zonder dat ze er een woord over zou zeggen. Ze zag diepte waar een man als haar vader alleen maar oppervlakte zag.

Ik schrok op en wist even niet waar ik was, totdat het tot mij doordrong dat Dorothee een vraag had gesteld, die ze moest herhalen.

'Je hebt drie boeken geschreven, weet ik van Abe. Ik heb ze nog niet gelezen hoor.'

'Je bent de enige niet.'

Even een kort lachje.

Ze was het tegenovergestelde van Catia. Catia was de rust zelve en praatte heel zacht, alsof er iemand in een aangrenzend vertrek lag te slapen die niet gestoord mocht worden. Tijdens het gesprek met haar buurman was Dorothee voornamelijk aan het woord geweest. Ze was beweeglijk, druk, de kleine oogjes in het spitse gezicht ontging niets, zo leek het. Ze kon vijftig maar ook zestig zijn. Blonde krulletjes als een speelse badmuts strak om haar hoofd.

'Abe vertelde me dat je met een nieuw boek bezig bent.'

Ik wachtte om haar de gelegenheid te geven de volgende vraag te stellen: waar gaat het over? Maar dat deed ze niet.

'Abe is erg enthousiast.'

Ik wist niet goed wat ik moest zeggen. Vanwaar die belangstelling? Ik kon meegaan om van alles af te zijn, ja, het werd een goed boek, volgende vraag, of ik kon het hele verhaal van de nieuwjaarsreceptie vertellen. Maar waarom zou ik haar de primeur niet gunnen. Dus vertelde ik haar rustig dat het verhaal waar Abe zo enthousiast over was, niet doorging. Ik hield ermee op. Dat wilde zeggen, ik zag van publicatie af. Ik vertelde haar dat ik wel doorging met schrijven, maar met een ander verhaal, een verhaal dat ik had laten liggen, en waar ik nu verder mee ging. Ik schreef het voor één persoon, één exemplaar voor één persoon.

Tijdens mijn praatje had ik in haar ogen een uitgebreid scala aan gevoelens kunnen registreren. Van het gevoel belazerd te worden tot de vrees met een gek van doen te hebben.

'Hoogst excentriek,' zei ze.

'Van een schilderij bestaat toch ook maar één exemplaar. Waarom dan niet van een roman?'

'Dat is iets totaal anders. Een galerie is een soort podium, daar komen kenners naartoe en die hebben een oordeel. Een schilder kan op die manier, door zich in een openbare ruimte te laten zien, een naam krijgen. Een schilder die alleen voor vrienden en bekenden schildert, is voor mij geen schilder. En een schrijver die alleen voor zijn oom en tante schrijft, is voor mij geen schrijver.'

'There you are,' zei ik. 'Ik ben ook geen schrijver.'

'Je hebt wel drie boeken gepubliceerd.'

'Ik wás schrijver.'

'Het kan ook lafheid zijn. Angst de confrontatie aan te gaan.'

Tot mijn opluchting kwam er een einde aan deze eerste ronde dankzij Catia die was gaan staan en met haar vork tegen haar wijnglas tikte. Ze had beloofd nog iets te zeggen. Gezien de samenstelling van het publiek leek het haar het beste haar praatje in het Engels en Italiaans te houden. Zo werd niemand tekortgedaan.

'Louder, ma,' riep haar dochter.

Catia glimlachte lief verontschuldigend naar haar dochter, en begon iedereen nogmaals hartelijk welkom te heten, speciaal haar vader en moeder die voor de verjaardag van hun kleindochter geheel onverwacht waren overgekomen, waaraan zij nu deze spontane, op het allerlaatst georganiseerde *spaghettata* te danken hadden. Ze noemde ook de onverwachte gast uit Ragusa die deze nacht wel een heel speciaal Italiaans tintje gaf.

Het was een kunst op zich om, door het woord te nemen en de juiste dingen te zeggen, een gezelschap dat uit losse onderdelen bestond tot een tijdelijke eenheid te smeden. En Catia verstond die kunst. De vier vriendinnen, de drie vrienden, Andrea, iedereen aan tafel hoorde even ergens bij en dat verklaarde misschien waarom iedereen geboeid naar haar opkeek, met glanzende ogen, alsof hier een familiefeest gevierd werd. *Amicizia.* Haar onderwerp was vriendschap en zij richtte zich nu speciaal tot de young ones. Ze wilde hen er vooral op wijzen hoe belangrijk deze fase in je leven is, vooral als het gaat om het aangaan van vriendschappen. Ze was blij dat haar dochter in zo korte tijd zulke geweldige vrienden had gekregen. Nu werd de basis gelegd voor iets wat een leven lang kon duren. Kijk naar Abe en Wijnand. Ook twintig jaar scheiding had hen niet van elkaar vervreemd. En dat kwam doordat de fundamenten van hun vriendschap in hun jeugd waren gelegd. Nadat zij zich weer tot de jongeren had gericht, rondde zij haar verhaal af met de zakelijke mededeling dat er voor de echt hongerigen nog twee schotels met spaghetti aankwamen.

Applaus. Er werd weer ingeschonken en geproost op Liza, op de vriendschap en op Italië. De sfeer aan en om de tafel werd steeds losser. Er ging gedanst worden. Liza was gaan staan om de muziek aan te kondigen die zij speciaal voor haar grootouders zou opzetten. Het was de muziek waarop zij elkaar hadden leren kennen tijdens een 1-meiviering in Bologna. Ze moest aan Pippo vragen welk jaar het ook weer was.

Het viel mij weer op hoe ze op Catia leek en ik vroeg mij af wat Liza als stiefdochter voor Abe betekende. Hij had het zelden of nooit over haar. Maar dat zei niets. Abe had het ook zelden of nooit over Catia.

Het was de muziek waar de hele generatie van haar grootouders op had gedanst, *Complesso Casadei*. Liza nodigde haar grootouders uit om de dans te openen. Een wals. Liza, geassisteerd door twee van de vrienden, rolde snel het rode vloerkleed op zodat er op de plankenvloer gedanst kon worden. Het afdelingshoofd had geen aansporing nodig. Hij stond op, boog naar zijn vrouw die tegenover hem ging staan. De muziek zette in en op slag vond er een metamorfose plaats. De grote man en de kleine vrouw omklemden elkaar en het was of zij één compact lichaam werden, een lichaam dat soepel over de dansvloer zweefde. Haar hoofd tegen zijn borst, de ogen gesloten, geconcentreerd en doodernstig. Zo hadden ze vroeger gedanst. Hun voeten wisten precies wat ze moesten doen. Iedereen aan tafel keek toe en waarschijnlijk realiseerden ook de jongeren zich dat ze iets bijzonders zagen. Dit was de erotiek voorbij, al lag die er wel aan ten grondslag.

Toen het nummer was afgelopen, bogen de dansers onder luid applaus en ze gingen weer zitten. De schoonmoeder kreeg haar glimlach terug en Pippo werd weer het afdelingshoofd. Liza, die bij de cd-speler was blijven staan, kondigde een mazurka aan, *Mazurka del Sabato Sera*. Ze nodigde iedereen uit het voorbeeld van de grootouders te volgen. De vrienden en vriendinnen hadden geen aansporing nodig. Charley trok een protesterende Andrea achter zich aan die zei alleen discomuziek gewend te zijn. Ook Abe en Catia stonden op en gingen naar de dansvloer.

Dorothee hield de chiantifles boven mijn glas en keek mij vragend aan. Ik knikte. Het moest maar. Langzaam dronken worden. Niet dansen.

'Dat Abe en jij al zo lang met elkaar bevriend zijn, dat is toch wel heel bijzonder.'

Ik tikte met mijn glas tegen het hare, knikte, en beiden namen we een slok.

Haar ervaring was dat vrouwen over het algemeen meer talent voor vriendschap hadden dan mannen.

'Mannen zijn jagers, vrouwen verzamelaars.'

Als ze lachte verdween de opgewonden, onrustige blik uit haar ogen.

'Je bent vroeger vast verliefd geweest op Abe.'

Ik wachtte even als iemand die aarzelt voor een hek met verboden toegang, en zei toen: 'Abe was ook verliefd op mij. In zekere zin.'

Ook de buurman en de buurvrouw stelden zich nu op tussen de dansers. De schoonouders hadden hun stoelen gedraaid om de dansers beter te kunnen zien.

'Je bent toch met Abe bij Reve op bezoek geweest, vroeger, toen hij nog in Friesland woonde?'

'Greonterp, ja.'

'Dat werd geloof ik een gedenkwaardig bezoek, was het niet?'

'Ik kan me er niet veel meer van herinneren. Ik ben erg dronken geworden, voor het eerst van mijn leven.'

'Heb je niet in zijn bed geslapen?'

'Ja, en van zijn bordje gegeten.' Ik lachte zo vriendelijk mogelijk naar haar. Zij kon er ook niets aan doen dat ik er liever niet over sprak. We keken beiden weer naar de dansers. Ik voelde mij prettig week, sentimenteel. Die dansende vrienden en vriendinnen ontroerden mij. Ze waren voorlopig op hun allermooist. Onbekommerd. Ze dansten en lachten. Eric en ik hadden ook gedanst. *O body swayed to music, O brightening glance / How can we know the dancer from the dance?* Andrea kreeg les in walsen van Charley. Hij stribbelde soms tegen maar Charley gaf niet op en sprak hem soms als een strenge lerares toe. Hij zag er verhit maar gelukkig uit. Abe danste als een boer op zondag, stijf, zijn kont iets naar achteren, en struikelde soms over zijn benen. Hij deed zijn best.

De mazurka was afgelopen en de dansers gingen weer aan tafel zitten. Catia zette even later twee schalen op tafel.

Ik vroeg mij af hoe Abe met dat Frieslandverhaal omging.

Vertelde hij het vaak aan anderen? Ik vertelde het nooit. Voor mij speelde in dat verhaal van onze zeilvakantie op de Friese meren het bezoek aan Reve een ondergeschikte rol. Voor dat intermezzo was het woord 'gedenkwaardig' inderdaad op zijn plaats. Een gedenkwaardig intermezzo in wat misschien de ingewikkeldste week van mijn leven was geweest, die het afscheid van mijn te lang gerekte jeugd inluidde. Ik had het nooit aan iemand verteld, nooit in alle details, ook niet aan Eric, omdat ik het ook niet aan mijzelf wilde vertellen. Alleen een grove samenvatting waarin geen plaats was voor details. In de details zat de schaamte.

Ook Charley en Andrea waren aan tafel teruggekomen. Charley boog voor Andrea langs naar mij toe en schoot weer in die schokkende, schorre lach. 'Weet je wat die schat zegt? Hij wil per se dat jij meekomt naar Ragusa. Hoe vind je dat?'

'Dat ik meekom? Wat bedoel je?'

'Ik heb gezegd dat ik naar Ragusa kom, dit voorjaar, maar dan moet jij meekomen. Hoe vind je dat?'

'Ben ik jou chaperon?'

'Ik denk dat we elkaar in de gaten moeten houden.' Ze lachte weer met haar mond wijd open.

Dorothee was nu in gesprek met de buurman en Abe. Ik hoorde de naam Brahms. Ik schonk wijn voor mijzelf in. Wijn, en spaghetti die droop van de pesto. Heel langzaam dronken worden. Het was het moment waarop iedereen met iedereen in gesprek was, er werd heen en weer gelopen, van plaats verwisseld, stoelen verzet, water en wijn aangevuld.

Abe ging achter de vleugel zitten.

Had ik nooit meer aan die zeilvakantie gedacht? Heel soms, als Eric en ik een lange autorit maakten en ik, luisterend naar de muziek, met mijn gedachten weg dwaalde. Minimale fragmentjes van een zeilboot kwamen voorbij die even oplichtten en mij deden opschrikken. Eric was eraan gewend dat ik tijdens zulke ritten soms hardop 'godverdomme' zei, om vervolgens weer stil te vallen. Godverdomme, daarmee verbande ik de beelden weer naar de onderwereld.

Langzaam dronken worden. Een mooie titel. Sommige titels waren zo mooi dat wat erna kwam alleen maar tegen kon vallen. Maar nu zag ik de zeilboot, het interieur bij nacht. De derde nacht. Ik heb gevraagd of ik even bij Abe mag komen liggen. En Abe zegt 'ja', op een toon alsof ik een pen te leen heb gevraagd. Ik sla mijn arm om Abe, die met zijn rug naar mij toe ligt. Lepeltje, lepeltje. We moeten morgen jenever kopen, oude jenever, dat weten we dankzij *Op weg naar het einde* en *Nader tot u*. Na zo'n tien minuten ga ik terug naar mijn eigen slaapplaats op de andere bank. Abe valt direct in slaap.

Ik lig wakker. Nu had het moeten gebeuren. Abe had zich om moeten draaien, mij in zijn armen nemen. Ik trek mijn hemd en onderbroek uit en ga naakt op de slaapzak liggen. Ik snap het niet. Als ik hier mee doorga, word ik gek. Ik begin te masturberen. In een nuchtere trance masturbeer ik. Denk ik aan iets? Komen er beelden? Nee, ik masturbeer in een vacuüm, in dezelfde ruimte waar mijn grote liefde slaapt. En als Abe wakker schrikt van het krakende geluid van de bank? Des te beter, denk ik grimmig.

Er was nog een taart. Een *torta della nonna* die ook werkelijk door de trotse grootmoeder gemaakt was. Terwijl de taart in stukken werd verdeeld vroeg Pippo wie er een glas van de door hem meegenomen zoete wijn wilde. Ook Dorothee en ik hielden ons glas op. Misschien viel Pippo toch wel mee. Misschien moest je eerst iemand hebben zien dansen voordat je iets over hem kon zeggen. Toen iedereen voorzien was vroeg Abe om stilte. Op verzoek van Catia zou hij overgaan tot het zo fris mogelijk uitvoeren van een doodgespeeld juweeltje, voor zover hij daartoe nog in staat was. Drank was van invloed op de uitvoerder maar daar stond een even grote invloed op de toehoorder tegenover. Reeds na negen noten zou het duidelijk zijn waarom uitgerekend dit muziekstukje gespeeld werd voor de jarige. En, inderdaad, na nauwelijks negen noten neuriede een deel van het gezelschap de melodie van *Für Elise* mee.

Abe speelde, en nog altijd ging het puntje van zijn tong naar de linkerhoek van de mond die een beetje openzakte, precies zoals vroeger, als hij zich moest concentreren op een sonate van Beethoven. Van het ene op het andere moment zat ik in de serre aan de achterkant van het huis aan de Ginkgolaan. Een zaterdagmiddag, Abe's ouders waren weg. *Sonata quasi una fantasia.* Ik zag de rieten bank met gebloemde kussens. Ik moest luisteren hoe de linkerhand reageerde op de rechterhand. Het was of de berkenbomen aan het begin van het laantje dat naar de hei voerde, op muziek werden gezet. Een soort heimwee naar wat nog komen moest; de toekomst uitgestrekt en vaag als een oceaan. Een diep geluksgevoel alsof alles klopte, de rieten stoelen op het terras, het licht dat glansde in de tegels en hij in de serre. Een moment dat nooit meer voorbij zou gaan.

Een stormachtig applaus voor het onder invloed gespeelde *Für Elise* klonk op.

Nu *Für Elise* gespeeld was en van de *torta della nonna* niets meer over was, besloten de jongeren zich te verplaatsen naar de zolderverdieping die voor de gelegenheid omgetoverd was in een huisdisco. Voordat Charley Andrea naar de zolder meesleepte vroeg zij of ik haar vertrouwde. Ik zei dat ik later naar boven zou komen om dat te controleren.

Ik had Abe nog steeds niet verteld wat er gebeurd was nadat wij voor de Lutherse kerk afscheid hadden genomen. Dat kon later wel. In een groter gezelschap kwamen wij als vrienden alleen tot ons recht als we ons konden isoleren. Ik hoorde de buurman aan Abe vragen of hij niet nog wat wilde spelen. Dat wilde Abe wel, maar dan moest het iets lichts zijn, iets briljants. Scarlatti. Was Scarlatti goed? Ja, Scarlatti was goed.

Dorothee zette haar stoel schuin in mijn richting, haar rechteronderarm op tafel als iemand die een gesprek wil beginnen. Ik ging precies zo zitten, maar dan gespiegeld.

'You wanna talk?'

'Ja,' zei ze beslist.

'Moeten we niet luisteren naar Scarlatti?'

'We luisteren toch. Praten en breien.'

Ze had zich iets voorgenomen en ik was benieuwd wat het was.

Ze had begrepen, zei ze, dat ik niet veel los wilde laten over mijn vriendschap met Abe, noch over ons bezoek aan Reve in Friesland. Ze wilde dat ik wist dat het voor haar geen vrijblijvend vissen naar willekeurige informatie was. Ze vond Abe een van de meest bijzondere mensen die zij kende. Niet omdat hij zo intelligent was en bovendien ook nog eens prachtig Scarlatti kon spelen. Hoewel, zo'n omlijsting hielp om een beeld beter tot zijn recht te laten komen. 'Een bijzonder mens. Zo vind je er weinig.'

Ik knikte. De kans was groot dat ze veel aardiger was dan ik had gedacht. Lastig. Het was makkelijker en minder tijdrovend om iemand af te kunnen doen met 'irritant', 'opdringerig', of wat dan ook. Wat moest je met nuancering op een feestje?

Ze wist niet of ik ervan op de hoogte was dat zij ook in Boston had gewoond.

Nee, dat wist ik niet. Tijdens de maaltijd had ik nauwelijks met haar gepraat. Een van de grote voordelen van een groot en luidruchtig gezelschap was dat je een ontmoeting tamelijk tot zeer oppervlakkig kon laten. Meestal zag je elkaar daarna toch nooit meer.

Ik wist dus ook niet dat haar man eveneens aan Harvard verbonden was geweest. Aan een heel andere afdeling, natuurkunde. Medewerkers van Nederlandse origine hielden af en toe contact met elkaar en zo hadden Abe en Haye elkaar wel eens ontmoet. Ze werden pas met elkaar bevriend toen bleek dat Reve ook een van Haye's literaire idolen was. Ook Haye kon hele passages uit zijn hoofd citeren. Beide mannen hadden een tijdje rondgelopen met het plan een tijdschrift-je uit te geven voor aan Harvard verbonden medewerkers en studenten van Nederlandse oorsprong. Ze waren niet verder gekomen dan de titel, *Het Betoverde Kasteel*. Toen werd Haye ziek. Darmkanker. Onderzoeken, operaties. Om een lang lij-densverhaal kort te houden: kansloos. In die laatste maanden kwam Abe om de dag, altijd van half vijf tot half zeven, om Haye gedeeltes voor te lezen uit *Moeder en zoon*, daarna uit *Oud en eenzaam* en ten slotte *Het boek van violet en dood* dat hij in zijn geheel voorlas. 'Soms moest Abe met voorlezen op-houden omdat Haye bijna uit het bed rolde van het lachen. *Death by literature*. Hij vertelde ons dat hij in Nederland een vriend had die hem ooit uit Reve had voorgelezen, niet tij-dens een ziekbed, maar tijdens het roeien. Dat Abe roeide en dat die vriend voorlas en dat Abe bijna uit de boot was gerold van het lachen. Die vriend had dat aan Reve geschreven en die had hen toen uitgenodigd om langs te komen. En dat hij hen toen de literaire roeiers had genoemd. Haye vond dat zo prachtig dat hij tranen in zijn ogen kreeg. Hij huilde toen om alles. Je begrijpt dat ik wel nieuwsgierig was naar de voorlezer in die roeiboot.'

Ik liet mij tegen haar aan vallen en sloeg mijn arm om Doro-thee heen. Onze voorhoofden botsten op elkaar. Ik wilde ook wel huilen. Om alles, maar het meest om Haye die nu dood was en die een traan had gelaten om de literaire roeiers.

'Wat een mooi verhaal. Doodgaan en voorgelezen worden uit Reve. Wat mooi. Die Abe.'

Toen de muziek ophield liet ik haar los en ging rechtop zit-ten.

Pippo kwam van de dranktafel met een lange dunne fles grappa. Hoewel ik protesteerde schonk Pippo toch in. Ieder-een wilde mij dronken hebben, ikzelf ook.

Dorothee en ik hadden alles gezegd wat er te zeggen viel. We zaten naast elkaar als bezoekers van een film die zoveel indruk heeft gemaakt dat men tijdens de aftiteling zwijgend blijft zitten. Na een tijdje stond ze op. Ze moest naar het toilet. Dat moet ik ook, zei ik, en bedekte met beide handen mijn gezicht.

'Gaat het?' vroeg ze.

'Al die emoties.'

'Al die drank zul je bedoelen.'

Beiden schoten we in de lach.

Haye. Ik zag hem in een bed met schone lakens terwijl Abe voorlas uit *Het boek van violet en dood*. Wat een troost. Abe mocht ook mij komen voorlezen als het zover was. Las iemand dat boek ooit nog? Het was een schitterend verhaal omdat er niets gebeurde. Helemaal niets. Iemand gaat naar een begrafenis. Dat is alles. Uiteindelijk, dacht ik in een vlaag van helderheid, zijn er boeken, briljante werkjes, waarvoor na alle tumult, alle heisa en lawaai, hooguit zeven lezers overblijven. Haye, Abe en ik, dat waren er alvast drie. Ik had ook wel bevriend willen zijn met Haye. Ook Haye kreeg een uitnodiging voor mijn laatste avondmaal, postuum, Dorothee ook. Ineens ging mij een licht op. Die man in het blauwe pak op het schilderij van Catia, dat was Haye. Ik wist het zeker. Ik draaide mij naar de muur. Het gezicht van de man was driekwart te zien. Scherpzinnige ogen met een weemoedige vleug. Een mooie man van rond de vijftig, schatte ik. Die gedistingeerde heer in dat blauwe pak was in zijn laatste dagen getroost door een verhaal van niets en was bijna uit zijn bed gerold van het lachen en hij had tranen in zijn ogen gekregen om het verhaal van de literaire roeiers.

Op weg naar het toilet kwam ik Dorothee tegen. Ik zei dat ik ook nog naar de zolder ging om te kijken hoe het met mijn Italiaanse vriend ging.

'Die vermaakt zich wel,' zei ze.

'Vermaak ík me, that is the question.'

In het toilet bleef ik langer dan nodig was, omdat ik duizelig werd toen ik opstond. Het was altijd hetzelfde: ik ging naar een feest met het vaste voornemen niet te veel te drinken en toch dronk ik te veel. Ik hield mijn handen onder de kraan en maakte daarna mijn gezicht nat. Tegen mijn spiegelbeeld stak ik mijn tong uit. Vreemde ogen. Vreemde man. Gruwelijk, schoot het door mij heen, gruwelijk degene te moeten zijn die je bent. Was het niet Baudelaire die zijn hoed afnam voor zijn eigen spiegelbeeld?

Onder aan de trap naar de zolderverdieping ging ik zitten, mijn hoofd in mijn handen alsof het bonkende geluid van bassen mij tegenhield. De zoete, weke geur verraadde in welke vage stemming daar gedanst moest worden. Zo zou ik kunnen blijven zitten tot het licht werd. Ik trok mij aan de leuning omhoog en liep langzaam naar boven, trede voor trede, het hoofd gebogen als iemand die nadenkt of wie iets heel zwaars wacht.

In de deuropening bleef ik staan om te wennen aan het donker. Het enige licht kwam van een spotje dat gericht was op een ronddraaiende spiegelbol. Het was er veel te warm. Op het grote tweepersoonsbed kon ik na een tijdje drie figuren onderscheiden, twee meisjes en een jongen. Tegen een stapel kussens op de vloer lagen er nog twee. Langzaam maakten zich vier gestalten los uit het duister die aan het dansen waren. Liza en de jongen met het baardje dansten los van elkaar. De andere twee waren blonde Charley en donkere Andrea die dicht bij elkaar bleven maar nauwelijks van hun plaats kwamen. Ze deinden zo'n beetje. Charley hield in haar ene hand een fles. Toen ze mij zag, kwam ze op mij af en drukte de fles in mijn hand. 'Combineert heel goed met coke. Of wil je xtc?' Weer die schorre lach, het hoofd in de nek, de mond wijd open.

'Ik houd het maar op drank dit keer,' zei ik en nam een slok uit de fles. Lauwe spumante. Ik moest er bijna van overgeven en zette de fles op de grond. Ze trok mij mee naar het midden van de zolder waar Andrea wachtte in een mouwloos wit shirt. Trui en overhemd had hij uitgetrokken. Charley sloeg haar armen om zowel Andrea als mij. Ik sloot mijn ogen, mijn ene arm om Charley's schouder, de andere om Andrea's middel en liet mij meedeinen. Het rook broeierig en vochtig op zolder. Ik kneep in Andrea's zij en langzaam trok ik het hemd uit de broek en streelde de huid van de rug die klam aanvoelde. Onze hoofden waren zo dicht bij elkaar dat ik het mijne maar hoefde te laten knikken om met mijn lippen in Andrea's nek te komen. Een bitterzoete geur, zweet, deodorant, wiet. Met mijn gesloten lippen ging ik van de nek naar de kin, en van de kin naar de linker wang tot ik halt hield bij de lippen. Ik drukte mijn lippen op die van Andrea en haalde Andrea nog meer naar mij toe. Met mijn tong probeerde ik een kleine opening te forceren. Andrea opende een heel klein beetje zijn mond en ik drong met mijn tong tussen de tanden naar binnen tot ik Andrea's tong voelde. Duizelig van fysiek geluk. Ik liet Charley los en omknelde Andrea met beide armen en probeerde mijn onderlichaam tegen dat van Andrea te drukken. Ineens trok Andrea zich terug, als iemand die ontwaakt uit een droom. Charley keek naar mij met open mond. Niet verontwaardigd of afkeurend, maar overdonderd. Als zij iets niet had verwacht, dan was het dit. Wat moest ik zeggen? Andrea stond iets verder weg, versuft, in trance misschien. Ik draaide mij om en liep naar de deuropening. Waarschijnlijk vond Charley mij een hufter. Iemand die misbruik had gemaakt van wat Andrea ook maar gerookt, gesnoven of geslikt mocht hebben. Terwijl ik de trap afliep, verdedigde ik mijn gedrag in een innerlijke dialoog met Charley. Die jongen was geen kind meer; hij was naar Amsterdam gekomen om iets mee te maken; het zou hem geen kwaad doen. Maar ik redeneerde het beroerde gevoel niet weg. Ik had het niet moeten doen, maar ik had het wel gedaan.

De deur naar het woonvertrek stond open. Bij het antieke ladekastje in de gang bleef ik staan om in de spiegel erboven te kijken. Vreemd, dat je jezelf nooit zo zou zien als anderen je zagen. Ik hoorde stemmen zacht praten. Soms een lach. Abe's lach. Ik liep naar de deur en leunde met mijn hoofd tegen de deurpost. Honderd jaar slapen. Ik deed een stap de kamer in en bleef staan om naar de twee ver uit elkaar zittende groepjes te kijken. Enkele lichten waren uitgedaan. Zachte pianomuziek die ik niet kon thuisbrengen klonk uit de luidsprekers. In het zitje bij het raam aan de andere kant van de kamer zat Catia met haar ouders in het donker. Ze keken naar buiten waar grote vlokken sneeuw langsdwarrelden. Het liefst zou ik bij hen gaan zitten. Alles was opgeruimd maar de kandelaars stonden nog op tafel en de kaarsen waren nog niet opgebrand. In de twee hoekbanken rechts van de ingang zat Abe met de buurman, de buurvrouw en Dorothee.

'Kom hier zitten,' zei Dorothee. 'Je ziet er niet goed uit.' Ze schoof op zodat er een plek vrij kwam tussen haar en de buurvrouw. Op de andere bank zaten Abe en de buurman. 'Is hij dronken,' hoorde ik de buurman tegen Abe fluisteren. Ik had de man nog niet één keer horen of zien lachen.

'Wil je een espresso?' vroeg Abe.

'Ik wil naar huis.'

'Zou je dat wel doen? Wil je echt niet een espresso?'

'Hoe was het op zolder?' vroeg Dorothee.

'De jeugd danst. Abe en ik zijn ook jong geweest maar we hebben nooit gedanst. Dansen was onze regel niet.'

'Begijntjes en kwezelkens dansen niet,' vulde Dorothee aan.

'Dat jij dat liedje ook kent,' zei ik verbaasd.

'Jullie hebben wel samen geroeid,' zei de buurman. 'Ik hoorde net dat mooie verhaal dat jullie samen bij Gerard Reve op bezoek zijn geweest.'

'Gerard Kornelis van het Reve,' verbeterde ik hem net iets te nadrukkelijk. Ik keek van de buurman naar Abe. Waarom vertelde hij aan iedereen dat on-verhaal? Abe keek naar mij met zijn kille blik, de blik als hij op zijn hoede was.

'Ik maak toch een espresso voor je, Winnie,' zei Abe beslist en stond op, 'je moet maar zien of je het opdrinkt.'

'Heb je ook aspirines?'

'Espresso en een aspirine?'

'An aspirin on the side.'

Voor een aspirine moest hij naar boven, zei Abe en liep de kamer uit.

Dorothee pakte de fles van de salontafel en schonk een glas water voor mij in.

'Abe kent hele stukken van de brief die Reve toen schreef uit zijn hoofd. Literaire roeiers. Dat is toch wel een hele eer dat jullie in een van zijn boeken voorkomen.'

Ik keek de buurman aan. Dat zo'n man viool speelde, zou je nooit kunnen bedenken.

'We waren heel literair en we roeiden. Dus dat klopt wel. Dat wil zeggen, Abe roeide en ik las voor. Dat moet je kunnen, goed voorlezen.'

'Je moet ook goed kunnen roeien,' zei Dorothee.

Ik schoot in de lach en legde mijn hand op haar knie. 'Ja, je moet ook goed kunnen roeien. We vormden een ideaal koppel.'

'Mooi zo'n vriendschap,' zei de buurvrouw.

Ik keek haar aan en probeerde me te concentreren, maar ik zag haar dubbel.

'Ik was verliefd op Abe, hopeloos verliefd.' Omdat zij niet reageerde en niemand iets zei, voegde ik eraan toe: 'Tot over mijn oren.'

Dorothee legde haar hand op de mijne.

Ik zou wel iets willen drinken maar sprak mijzelf toe dat ik het niet moest doen.

'Smoorverliefd was ik. Ik schreef gedichten voor Abe. Een heel mooi bundeltje. Platonische poëzie.'

'Hoe vond Abe dat?' De buurvrouw keek mij met verwachtingsvolle ogen aan.

'Wat Abe ervan vond? Hij vond niets. Hij heeft nooit gereageerd.'

'Oh,' zei ze.

'Het waren liefdesgedichten,' zei de buurman op een toon alsof dat de verklaring vormde voor het uitblijven van een reactie.

'Ja, natuurlijk waren het liefdesgedichten, dat zeg ik. Platonische poëzie.'

Irritante man, die buurman.

'Ik heb Abe nooit met een vinger aangeraakt, ook niet in mijn gedichten. Ook nooit aangerand. We hadden een heel kuise vriendschap. We leefden als twee begijnen.' Alleen ik moest daar erg om lachen.

Abe kwam met een doosje aspirines en een glas water bij het gezelschap terug. Hij drukte twee aspirines uit de doordrukstrip en gaf ze mij.

De pianomuziek was opgehouden. Alleen het zachte praten van het gezelschap bij het raam ging door.

'Nu nog een espresso, Winnie. Ook cafeïne helpt tegen hoofdpijn.'

'Ik heb jou nooit aangerand, Abe, wees eerlijk.'

'Niet dat ik weet,' zei Abe en liep naar het espressoapparaat.

Allen luisterden naar het brommende geluid dat het apparaat maakte.

Om de aspirines in te nemen moest ik mijn hand die op de knie van Dorothee lag vrij maken. Zij pakte het glas van tafel en reikte het mij aan. Onder doodse stilte nam ik de twee aspirines in.

'Maar over aanranden gesproken,' zei Abe en zette het kopje espresso voor mij neer, 'weet je wel zeker dat jij niet door Reve bent aangerand? We hadden toen zoveel jenever gedronken waar jij minder goed tegen kon dan ik.'

Abe ging weer op zijn oude plek zitten en nam zijn glas van tafel.

Ineens vond ik het gezicht van Abe net zo merkwaardig als het gezicht dat ik nauwelijks tien minuten geleden in de spiegel had gezien. In dat gezicht zat Abe opgesloten, achter die ogen; het waren ook dingen, een glasachtig lichaam met een glasachtig vlies. Abe broedde op iets. Ik zag het aan de koude, blauwe blik. Met dat koude gezicht richtte hij zich tot het gezelschap.

'Jullie moeten weten dat Reve die brief aan Wijnand, waarin hij ons de literaire roeiers noemde, op een wel heel speciale manier afsloot. Jij weet die zin vast nog wel, Winnie. Hoe ging-ie ook al weer?'

'Ik zou het bij god niet weten.'

Abe keek mij strak aan.

'Ik zal je op weg helpen. Volgens mij ging het ongeveer zo: *Gaarne Uw Geheime Opening op kortere afstand inspecterend, verblijf ik, met vriendelijke groet en gevoelens van hoogachting, Uw Gerard Kornelis van het Reve.* Of vergis ik mij?'

'Je weet het beter dan ik.'

De andere gasten voelden dat hun aanwezigheid noodzakelijk was voor wat zich nu afspeelde, ook al waren ze er liever geen getuigen van geweest.

'Weet je waarom ik die nacht bij Reve in bed lag? Omdat ik niet bij jou in bed lag. Het is allemaal veel eenvoudiger dan je denkt.'

Ik stond op van de bank. Het was mooi geweest. Ik moest weg voordat Charley of Andrea naar beneden kwam. Ook ik richtte mij nu tot het gezelschap.

'Ik heb hem nooit met een vinger aangeraakt.'

'Ik hem ook niet,' zei Abe.

Ik voelde het bloed naar mijn hoofd stijgen. Ik zou iets door de kamer willen smijten. Hoe maakte je iemand dood. Hoe deden mensen dat?

'Abe heeft helemaal gelijk.' Ik deed twee stappen in de richting van de deur en draaide mij op het allerlaatst weer naar het gezelschap.

'Abe heeft mij nooit met ook maar één vinger aangeraakt.

Gegeven de omstandigheden is dat uiterst merkwaardig. Uiterst merkwaardig,' herhaalde ik en wachtte even terwijl iedereen in de hoek naar mij opkeek. 'Gemankeerde lovers. Een zeer zeldzaam voorkomende afwijking.'

Ik leunde tegen de deurpost. Het drong nog wel tot mij door dat Catia erg nadrukkelijk in de richting van de grote sneeuwvlokken keek. Ik zou haar morgen bellen en bedanken. Ik zou haar vragen om het telefoonnummer van Dorothee. De man in het blauwe pak en het grijze vest, dat schilderij zou ik willen hebben. Ik hield van Haye, zou ik ook tegen Catia zeggen. Zeg maar hoeveel het kost.

Alle vier bleven stil en keken alsof ze van mij een vervolg verwachtten. De manier waarop Dorothee naar mij keek was verontrustend te noemen.

'*De paarden van Plato*, heb jij die bundel nog?'

Abe die net een slok had genomen, keek mij met grote ogen geschrokken aan.

Ook de buurvrouw had zich naar mij omgedraaid. De buurman keek met opgetrokken wenkbrauwen strak in mijn richting.

'*De paarden van Plato*, je weet wel, die bundel die ik jou ooit cadeau gaf, heb je die nog?'

'*De paarden van Plato*? Jezus, Winnie, dat is lang geleden. Ik weet het niet.'

'Hij weet het niet,' zei ik tegen het gezelschap, 'je schrijft gedichten, je maakt er een mooi bundeltje van, op geschept papier, en degene aan wie het is opgedragen, weet niet meer of hij het nog in zijn bezit heeft.'

'Lieve Winnie, het is bijna vijftig jaar geleden. Ik ben in de tussentijd talloze malen verhuisd. Ik weet het echt niet. Misschien heb ik het nog ergens liggen. Het kan.'

De kamer begon te draaien. Ik moest naar buiten, de kou in.

'Schenk jij mij nog een glas wijn in, Sjoerd,' doorbrak de buurvrouw de stilte.

De bancaire violist heette Sjoerd, dat was waar ook.

'Weet je Abe, zal ik jou eens wat zeggen?' Ik stond nu in de deuropening. Wat moest ik zeggen? Hem dodelijk treffen, maar met wat?

'Liefde,' zei ik, en schoot in de lach. Ik was de draad kwijt. De zin die in mij opkwam wist ik gelukkig binnen te houden. Nee, Abe had wel degelijk van mij gehouden. Dat was het niet. Dat was het probleem niet. Ik wachtte even. 'Zal ik jou eens wat zeggen? Vergeet die bundel. Mocht je hem ooit nog tegenkomen, steek er de fik in. Platonische poëzie. Kijk, weet je hoe het is, jij zou nog eerder met een varken naar bed zijn gegaan dan met mij.'

Alleen de zachte stem van Catia in de verte was te horen. Die drie leken niet in de gaten te hebben wat zich achter hun rug afspeelde. In het licht van de lantaarn boven de weg kantelden en buitelden de vlokken.

'Weet je Winnie, dat zegt niets ten nadele van jou. Integendeel.' Abe keek mij aan. De kou was uit zijn blik verdwenen. 'Je weet hoe ik van varkens houd.'

'Val dood,' zei ik, draaide mij om en liep zonder te struikelen de trap af. Onderaan bleef ik even staan. Ik had iets anders moeten zeggen, maar ik wist niet wat. Van de stapel jassen op de pingpongtafel griste ik het bovenste jack en stapte naar buiten.

De vlokken sneeuw in mijn gezicht deden mij goed, de kou deed mij goed. Ik liep tegen de wind in, de lange smalle straat door tot ik weer bij de dubbele ophaalbrug kwam. Daar bleef ik staan. De hele nacht vertrokken er treinen naar Leiden. De sneeuwvlokken die overal bleven liggen, op de kale bomen, de weg, op de boten in de gracht, werden water zodra ze in de gracht kwamen. Doodstil was het. Een lege, doodstille stad in de nacht, dat was het mooiste wat er was. Dat al dat leven, dat gedurende de dag alleen maar is aangezwollen, als een kolkende rivier, vanaf een bepaald moment kalmer wordt tot het uiteindelijk wegebt, dat was mooi.

Achter een raam op de derde verdieping van het hoekhuis aan de overkant van de gracht brandde licht. Een plant vulde bijna een van de twee ramen. Wie op dit uur nog op was, was alleen. Achter zo'n klimplant moest een vrouw wonen. Ik zou kunnen aanbellen en zeggen: zullen we wat praten? Eerst u, dan ik. Ik zou haar alles van het afgelopen jaar kunnen vertellen. Doe er maar mee wat u wilt. De titel krijgt u ook: *Bar Sport, handboek voor de loser*. Ik boog mij over de brugleuning en volgde sommige vlokken in hun vrije val, tot ze met het water versmolten. Waar moest ik in godsnaam heen?

Er kwam iemand aan. Ik zag het vanuit mijn ooghoek. Ik hoefde niet op te kijken om te weten wie het was. Het zij zo.

'Je was je rugzak vergeten,' zei de man met het petje toen hij naast mij stond. 'Ga je mee terug of ga je naar huis?' Hij zette de rugzak aan mijn voeten en kwam naast mij staan.

Het was opgehouden met sneeuwen.

We leunden beiden over de reling van de brug en keken voor ons uit.

'Het gaat niet door,' zei ik.

'Wat gaat niet door?'

'De tragedie.' Ik schudde langzaam mijn hoofd. 'Gaat niet door. Wegens gebrek aan belangstelling.'

'Dorothee vertelde mij zoiets. Je ging een boek schrijven voor één iemand.'

'*Oud-Loosdrecht* gaat door.'

'En dat schrijf je voor één iemand?'

Weer keken we stil voor ons uit. Het zou weer moeten gaan sneeuwen.

'Ik schrijf het voor Bruno.'

'Wie is Bruno?'

'Zei ik Bruno? Ik bedoel Benno.'

'Benno? Schrijf je het nu voor Bruno of voor Benno?'

'Wat doet iemands naam er nu toe? Als je het adres maar weet.'

'Wat je nu zegt, is heel diepzinnig, weet je dat?'

'Verbaast me niets.'

Ik pakte de rugzak op en zocht naar het kaartje dat doctor Benno Bavinck mij had gegeven. Het was te donker en te rommelig daarbinnen. Verdomd, het *Zedekundig Handboekje* van Epictetus. Ik schoot in de lach en gaf het aan de man naast mij.

'Is dat voor mij?'

'Het is een cadeau van jou,' zei ik, 'lees de opdracht maar.'

Abe bekeek het kleine boekje van alle kanten en liep ermee naar het begin van de brug waar hij het opensloeg in het licht van de lantaarn. Ik liep naar hem toe en keek naar zijn gezicht terwijl hij de opdracht las. 'Aan zijn vriend Winnie wordt dit Handboekje opgedragen door zijn vriend Abe'. Abe schoot in een hikkende lach: 'Weet je wat ik daaronder geschreven heb? "Van alles wat de wijsheid ons kan schenken met betrekking tot het gelukkige leven, is vriendschap het hoogste goed. Epicurus, *Kuriai Doxai*." We waren gelukkig heel geleerd toen.'

'Kennis heeft ons gered.'

'Zal ik er nog iets inschrijven?'

'Zijn je handen niet te koud?' vroeg ik terwijl ik een pen uit mijn rugzak viste.

En net als bij het pianospelen, lag tijdens het schrijven het puntje van Abe's tong in de linkermondhoek. Abe gaf het boekje bij de beschreven bladzij aan mij terug. Ik herkende het oude vertrouwde handschrift. Ik was ook verliefd geweest op het handschrift.

'Lees jij het,' vroeg ik en overhandigde het boekje weer aan Abe.

'Opnieuw voor Winnie: Epicuri de grege porcus.'

'Id est?'

'Ik zal het voor je vertalen, als je belooft me niet te vermoorden.'

'Te laat. Veel te laat.'

'Hier komt-ie. Een vrije vertaling: Varkentje uit de stal van Epicurus. Moet ik erbij schrijven dat het van Horatius is?'

'Zullen we dansen,' zei ik terwijl hij het boekje in de rugzak opborg.

'Hoor jij dan muziek?' Abe hielp mij bij het omdoen van de rugzak. 'Kom, ik loop met je mee naar de taxistandplaats op het Haarlemmerplein.' Abe gaf mij een arm en samen liepen we de spoorbrug onderdoor, staken de verlaten autoweg over naar het Haarlemmerplein waar op dit uur geen taxi's stonden.

'Laten we doorlopen,' zei ik, 'niets mooier dan een stad die slaapt. Misschien gaat het straks weer sneeuwen.'

De Haarlemmerdijk lag er nu verlaten bij maar met de sneeuw op de stoep en de straat was het een bijzondere verlatenheid, alsof we in een droom liepen. Ik moest denken aan de zomeravonden dat we van het Kleine Wasmeer terugkwamen in de Hilversumse lanen waar alleen de lantaarns opgebleven waren. Het triomfantelijke gevoel overal boven en buiten te staan, nergens bij te horen dan bij elkaar. De vage stekende hoofdpijn was opgelost. Ik voelde mij licht. 's Nachts werd de stad vanzelf het decor in de pauze van een toneelstuk. Maar wat voor toneelstuk?

'Waarom lach je?' vroeg Abe die nog steeds stevig gearmd met mij liep.

'Zomaar.'

Om de betovering van dit moment vast te houden, moesten we zo min mogelijk praten. Een tragikomedie, dat was het, een afwisseling van tragische en komische taferelen. In al die winkels en restaurantjes, in al die huisjes waar nu iedereen sliep, een afwisseling van tragische en komische taferelen. Eric werd nu wakker, ergens in Nepal. Op de hoek waar de Prinsengracht de Haarlemmerdijk kruiste bleven we staan. De lucht was opengebroken en tussen lichtgrijze wolken dreef een maan.

'Ga jij nu maar naar je gasten terug,' zei ik. 'Ik loop wel door naar het Centraal Station. Ik zie wel waar ik heen ga. Dankzij jouw aspirines voel ik me behoorlijk opgeknapt.'

'Je laat me toch wel weten wat je nieuwe adres is.'

Uit het hoekpand waar we voor stonden kwam muziek. Op de eerste verdieping brandde licht achter beslagen ramen. Slagwerk, gitaren, harde stemmen.

'Zouden we hier op kunnen dansen?' vroeg ik.

Abe had een heel speciale lach als hem iets inviel dat hij onmiddellijk wilde delen, de opwinding van een kind dat geen uitstel duldt.

'Herinner jij je *Way out West?*'

'Way out West?'

'Stan en Ollie komen met hun ezeltje aan in zo'n gouddelversstadje. Op de veranda van de saloon speelt een heerlijk sloom countrybandje. Voordat ze de saloon binnen gaan, blijven ze staan luisteren. Zie je het voor je? Beiden in versleten jacket, beiden met een bolhoed, Stan de handen op de rug, Ollie de handen in zijn zakken. De muziek bevalt hun en op een bepaald moment beginnen ze te bewegen, eerst heel voorzichtig. Stan draait met zijn heupen en Ollie tilt zijn ene voet een beetje op en schuift zijn bolhoed iets naar voren.' Abe tilde zijn rechtervoet op en met zijn rechterhand schoof hij zijn petje iets naar voren, precies zoals de Dikke dat kon doen. 'En dan begint hun dans. Grote klasse. Met dat dansje maken ze alles belachelijk. Geweldig.'

Ik ging rechtop staan, deed de handen op mijn rug en zei: 'Zullen we dan maar?'

'We moeten eerst oefenen. Ik weet niet hoe lang het wel duurde voordat ze dat dansje onder de knie hadden.'

'Dan ga ik maar,' zei ik, 'de wijde wereld in.'

'Weet je zeker dat ik niet met je mee hoef te lopen?'

'Zorg jij er maar voor dat Andrea in zijn hotel komt.'

'Je bent weer helemaal nuchter, merk ik.'

Nadat we elkaar hadden omhelsd, liep ik de brug op en

midden op de brug draaide ik mij om. Op de hoek van de Korte Prinsengracht stond Abe, ook hij had zich nog even omgedraaid, en stak zijn hand op. Dat hadden we altijd gedaan, elkaar zo lang mogelijk nazwaaien. Abe sloeg de hoek om.

Ik rilde en bleef staan om over de stille gracht uit te kijken. In de verte rees vertrouwenwekkend de toren van de Westerkerk op. Misschien had Rembrandt hier ook gestaan, op deze zelfde plek. Er was een tekening van de toren die aan Rembrandt werd toegeschreven. In het maanlicht glansde de lucht als zwart marmer. Enkele witgrijze wolken zeilden langs. Ik voelde mij zo licht als een veertje. Ik zou zo op kunnen stijgen, als een ballonvaarder die alle ballast overboord heeft gegooid. Nooit meer schrijven. Wat een vrede. Een brief, voor één iemand. Wat hield mij nog in deze stad? Ik kon er vannacht nog uit wegsluipen, geruisloos verdwijnen, door niemand opgemerkt, zonder een spoor na te laten. Ondanks de sneeuw.

Colofon

Oud-Loosdrecht van Sipko Melissen werd in opdracht van Uitgeverij Van Oorschot te Amsterdam gezet uit de Bembo door Perfect Service te Schoonhoven, gedrukt en gebonden door Ten Brink te Meppel. Het omslagontwerp werd vervaardigd door Christoph Noordzij.

De auteur ontving voor deze uitgave een werkbeurs van het Letterenfonds.